綠洲沙龍

OASIS SALOON

Abby Chao 趙又萱

目次

沙漠青旅

午後日光曝曬著褪色的柏油馬路，呼嘯而過的車流擾動了人行道旁叢生的雜草，攪起淤積在空氣裡的大麻氣味，廢棄寶特瓶在細小沙粒上窸窣滾動，擦出空曠而細微的聲響。

拖著行李箱，走在這荒煙漫草的路上，一邊低頭查看地圖，一邊小心閃越石塊與碎玻璃。遠遠走來一衣著襤褸、體味濃臭、眼神狂亂的漢子，全身警報系統瞬間高度緊繃，直到對方如夢遊般，撐著大大的眼白，喃喃自語，無動於衷地擦身而過，才在警報解除的釋然中理解，他與我並不走在同一條路上。

沿著大街，是一棟連著一棟的新墨西哥州風格矮房。深深淺淺的泥巴色，不工整的彎曲線條，遠看像大大小小的泥磚方塊，厚實而粗獷，一種介於自然與文明、古老與現代之間的造物。

天色漸暗，一路行經名字充滿美國西部風味的旅館。沙漠城堡（Desert Chateau）、南方郊狼（Coyote South）、銀色馬鞍（Silver Saddle）——彷彿老電視裡六〇年代的廣告節目，老舊、褪色，繽紛歡快裡摻雜著沙沙雜訊，恆久映現著一種磨損過的時代亢奮，如今多半零落。

旅費有限，於是走進整條路上最便宜的青年旅館。

接待處宛如某個長年流浪的拾荒者客廳。夕陽的暖黃光線從窗戶斜照進來，天花板低矮，深木色的狹窄空間裡，錯落著形形色色的雜物，牆上貼滿了老舊的便條紙，角落一架老鋼琴如黃牙般搖搖欲墜，軟爛的過期報刊凌亂地塞擠在書架上，桌遊盒、老樂器、垂著流蘇的舊檯燈，各種雜七雜八的小東西，裡裡外外覆滿刮痕與磨損，微小縫隙裡卡著沙漠塵埃，一個個都像風塵僕僕的流浪者化身。

櫃檯後方，一女子正窩在旋轉椅裡滑手機，年輕無瑕的臉上脂粉未施，頭上綁了一條流蘇頭巾，兩條蟑螂鬚般細長的辮子垂在臉側。當她站起身時，綴滿小鈴鐺與亮片的腰帶發出銀亮的碰撞聲響。她彷彿一個滯留沙漠中心的迷路海盜。

女孩為我們辦理入住手續。抬起頭四處張望，這間三十年歷史的旅館，處處是歲月鏽蝕的痕跡。經營者是一個七十幾歲的老人，年輕時他曾去歐洲遊歷，在那裡體驗了美國當時還少見的青年旅館，印象很是深刻，回國後決定自己開一家。青旅最早在一百多年前的德國出現，當初是為了方便學生到各地考察學習而設計，是一種教育體系的輔助與延伸。形形色色的人們，為著各自目的來到一座城市，卻在異地行旅的過程中，內化了許多意料之外的養分，最後得到的總是遠比原本預設的還要多。

旅行是一種不斷接受新經驗的學習過程。沙漠青旅老闆將這家青旅登記為文化教育性質的非營利機構，可以減稅，卻也得各別遵守許多限制與規定，例如此地不接受方圓幾里以內的居民入住，也沒有提供任何打掃服務。旅人得自己鋪床單、洗衣服，每天還得分攤倒垃圾、洗廁所、掃走廊等差事，交誼廳的桌上每日都有幾張「任務小卡」，旅人各自認領，在中午前做完，若不遵守，退房時就拿不回押金。

後疫情的暮秋，夜晚漸涼，路上車流不息，行人卻寥寥無幾。

旅館的地板永遠覆蓋著掃不盡的塵埃，踩起來沙沙作響，放大了拖沓的腳步，日子顯得緩慢而冗長。房間宛如從黃土鑿出的洞穴，低矮，靜謐，涼爽，窗子歪斜且小，陰影覆蓋了大半事物，若不特意查看時鐘，幾乎感受不到時間的推移。平日小鎮沒多少事可做，在床上懶懶地翻來翻去，肚子餓了，聞到廚房有人正在炒菜，就忍不住起身離開巢穴，朝著油香爆炒的方向而去。

公共廚房的冰箱裡，塞滿了免費任人取用的食材，多半是附近超市捐贈的即期品，有一整箱的麵包、滿滿一籃的蔬果，偶爾甚至還有高級超市賣剩的奶油鮭魚。海盜女孩正在流理台邊低頭切菜，桌上放著一個攜帶式小音響，她正跟著音樂旁若無人地大聲唱著，腰帶上一串亮片與鈴鐺也歡樂地叮噹作響。

我問她在煮些什麼。海盜女孩說，這禮拜五是她在這裡工作的最後一天，她想為同事們料理一頓大餐，舉辦一場道別派對。海盜女孩來自亞利桑那州，已在這家青旅打工換宿將近半年。這家非營利青旅不支付薪水，只提供免費的住宿與食物，吸引來的，往往也是些口袋空空，對物質生活並無太大要求，卻相當重視藝術與靈性發展的非主流人群。海盜女孩的生活自由自在，她寫詩、唱歌、研究神祕學，夢想是成為一個說唱歌手，只是如今仍多半輾轉於零工與零工之間，流浪到哪就在哪扎根，周末晚上偶爾在鎮上的酒吧表演幾曲，即便台下來來去去的大多都是些熟面孔，依然心滿意足。

冰箱裡還剩下幾顆蛋、半盒撞壞的番茄、微微發黃的大蒜，蔬菜籃裡有洋蔥、奇形怪狀的青椒、發黑的過熟酪梨，角落的紙箱裡則疊滿了人頭大的硬麵包。在青旅下廚，往往得即興發揮，東拼西湊，不求完美，屬於旅途考驗的一種、自食其力的證明。決定來做燉菜配麵包。老化變形的蔬菜只要切丁就看不出來了。料理架上，羅列著好幾罐裝在舊瓶子裡的香料，沒有標示製造日期，只能用聞的來判斷是否能夠使用。鍋裡熱油，加入大蒜洋蔥爆炒，什錦蔬菜丁下鍋，打顆蛋進去，再加香料調味，廚房漸漸盈滿層次豐富的香氣。三兩下，一鍋燉菜就完成了。

其他旅人開始在廚房現身。一個身穿湖水綠長裙的女人正在切水果，身邊一個好動的小男孩到處奔跑，他穿了一件大人的白色T-Shirt，留著一頭乾燥打結的金色長髮，五官細膩秀氣，乍看下像個小女孩。面對陌生人他毫不害臊，無論和誰都可以攀談幾句。我在切麵包時，他告訴我他和爸媽住在露營車上，已經旅行了好幾個月，從這裡離開後，要前往溫暖的南方過冬。

一個七十幾歲的老男人正在洗手槽邊刷盤子。他身上罩著一件厚重且破爛的深藍色披風，衣服邊緣伸出的手臂青筋暴凸，一條條硬如鋼鐵的肌肉在薄薄的皮膚下凶險地隆起，那雙手更布滿了舊傷疤痕與老化斑點，皸裂而粗糙，彷彿經歷過一場又一場的嚴寒與酷暑。老人話少，也不和其他人社交，然而他的沉默裡卻有一種刀光劍影的警戒，令人不敢輕易靠近。

一個中年男子閒閒無事地晃進廚房，手裡捧著一個裝著熱咖啡的馬克杯。男人是青旅的員工，平日和海盜女孩輪班，放假時就去附近山上的牧場打工。他長相英俊，一頭及肩金髮油油亮亮地貼在後腦勺上。他天天穿一件白色的緊身上衣，大塊的胸肌與緊實的手臂幾乎要繃出來，然而他總是散發一股百無聊賴的慵懶，眼睛半開半閉，一天大半時間都斜躺在櫃檯後方的旋轉椅上滑手機，友善卻話少，不問太多問題，也不愛人家問他問題。

這群破銅爛鐵般的旅人，和廚房裡那些來路不明、七拼八湊的食材並沒相差多少。雖然能夠用英語互相溝通，但一時半刻，卻也釐不清彼此身上背負的種種故事，對話也在這樣的默認之下，變得支離破碎，無關痛癢。

日夜越過一座一座時間的山頭，逐漸遠去。秋日的尾聲，白晝漸短，涼爽的陰影大面積偏斜，黑夜提早從窗戶探頭，旅人們在狹長的走廊上擦身而過，在深夜的廚房或空蕩的停車場裡短暫相遇，有時只是輕輕點頭招呼，有時佇足讓對話稍稍深入，很偶爾，尤其當夜晚氣溫驟降，情不自禁感到有點空虛時，只要有人拿起吉他開始有意無意地撥起弦來，其他人也會紛紛撿拾手邊那些生鏽的長笛、口琴，甚至一些可以充當打擊樂器的紙箱木桶，一連即興個一兩小時，直到流轉於眾人之間的那股凝聚力自行消解為止。這樣的機會只能等待，無法計畫或強求，醞釀的過程亦十分神祕。

旅人的眼睛總是望著下一站。

一個禮拜後，穿著湖水綠長裙的女人和丈夫帶著小男孩走了。臨走前幾日，女人在青旅外牆畫了一幅彩色壁畫，大朵大朵迷幻豔麗的花，開在空白的荒漠之間，顏色懾人地鮮豔，好像多看幾秒便會被吸進去。

海盜女孩歡歡喜喜慶祝了在青旅的最後一天。她在附近山丘上一個有錢人家，找到了一份包吃包住的保姆工作，歡送會隔天一早，便帶著行李前往新的棲居地。聽其他人說，女孩的父親幾年前離世，母親後來也有了自己的新家庭，那裡沒有她的位置。獨立自主有時是一種不得不的美德，女孩在天地間漂泊，最終也學會了自得其樂。

十一月底，沙漠下起了雪。穿著披風的神祕老男人，不知什麼時候悄悄消失了。

金髮男仍鎮日懶洋洋斜躺在櫃檯後方的旋轉椅上，身邊的小音響不是在播放爵士樂就是獨立搖滾，從不離身的馬克杯裡，有時裝著發燙的黑咖啡，有時裝著安撫神經的卡瓦根（Kava）飲料。他的年輕歲月彷彿還在昨天，時光卻不知怎的逃過了他的注意，一眨眼回過神來，發現自己竟然已經四十好幾。他告訴我，下個月他要去哥倫比亞旅行，為此還特地升級了Tinder的功能，現在天天都在左滑右滑，人還未到旅遊目的地，就已經安排好了幾場約會，在乾燥的新墨西哥沙漠裡，癡癡遙想著南美熱帶的潮濕、溫熱、蜜蠟般光滑的女人大腿，一個尚未抵達的天堂。

雜誌架上，一本紙頁薄脆，邊緣泛黃的書裡，某人在空白頁寫下：

I have an insane calling to be where I'm not.

旅人與浪人並不完全相同。旅人有根，浪人無根，旅人選擇性踏上旅程，浪人卻因別無選擇而上路。有時候，旅人將自己浪漫成了浪人，浪人卻自欺是個旅人。然而有根無根，停留或駐足，理智亦或瘋狂，有時只有當事人才能夠分辨，就像在荒漠中感到一瞬間的家之熟悉，就像在抵達目的地後體驗了疏異的幻滅。

長路是難以饜足的渴望，無止無盡的延展再延展，我們時而情不自禁，時而身不由己，只能不斷前進，不斷前進。

駐村記事

經歷十幾個小時的飛行、幾次劇烈氣流震盪、一陣又一陣的昏睡後，終於在八月底的一個清晨，抵達了新墨西哥州阿布奎基（Albuquerque）機場。

接駁車上已有其他人。一對年輕的背包客夫妻，一個單獨旅行的老男人，一個看起來像學生的青春痘男孩。我跳上車，向其他人打了招呼，繫好安全帶，頭一靠上車窗就陷入沉睡。

再次睜眼，車已開過迢迢荒野。地勢緩緩上升，來到海拔兩千多公尺的高地沙漠城市——新墨西哥州首府聖塔菲（Santa Fe）。早晨的陽光映照在泥土方塊狀的矮屋上，城市氤氳著一種夢幻耀眼的光，所有潮濕陰暗的記憶彷彿都在這光下蒸騰而起，清清爽爽地消失於無形。

乘客一個接一個下車，最後整輛車只剩下我一人。

駛離市中心，來到城市外側一條寬敞的大馬路上。司機靠邊停，說到了，接著到後車廂把我的行李一一搬出，放到路邊人行道上。「聖塔菲藝術中心不遠，走幾分鐘就到。」還來不及問個仔細，司機就趕時間似地跳上車揚長而去。

我獨自站在車流迅急的馬路邊，呼吸著陌生鮮爽的空氣，一時間暈頭轉向，分不清東南西北。

彷彿才上一個瞬間，我還在燥熱的台北，與父母在機場航廈裡吃著早餐，突然間就跳接到眼前這個極度陌生之地，恍恍惚惚覺得不可思議。

聖塔菲藝術中心，將是我接下來近三個月的新家。

新墨西哥州的天空很藍，像色卡上最完美的藍色色號。白雲飄得很高很遠，地上人車顯得稀疏而渺小。我拖著兩個笨重的行李箱，肩上壓著兩個鼓得滿滿的袋子，忍著一路奔波的不適與疲倦，朝司機隨手一指的方位緩慢而吃力地前進。

後來走了二十幾分鐘才到。

駐村生活的第一天，在昏睡中悄然展開。

剛到的前幾日，時差擾亂生理時鐘，總是凌晨四點在黑暗中醒來，就再也無法睡去。翻來覆去一陣，索性開燈坐起，外頭的寂靜很固體，連風聲都沒有。打開手機查看朋友們的動態，台灣時間仍是熱鬧的夜晚，有晚間新聞主播喋喋不休的聲音、外送食物的熱炒香氣、紅綠燈下的車水馬龍、招牌閃爍的大街小巷。對比之下，此地顯得如此空曠寂寥，只有窗外綿延無盡的長夜，還有一片空白如荒野的明天。

到了第三天，才有精力到處走走，好好看一看聖塔菲藝術中心的模樣。

這是一幢占地廣大的回字型建築，中央是一方綠意盎然的戶外庭院，種了好幾棵枝葉扶疏的大樹。樹下擺了幾張桌椅，後來成為駐村藝術家們吃飯、聊天、曬太陽的地方。聖塔菲藝術中心是墨西哥建築師 Ricardo Legorreta 的作品，靈感來自新墨西哥州當地的傳統泥磚屋，卻又融合了大量現代感的落地窗與挑高天花板，光線充足，空氣流通。

回字型建築分成幾個區域，有藝術家居住的獨立套房、共用的大廚房與客廳、圖書館與工作室，各區彼此連通，在房裡能聽見有人在廚房做菜的聲響，在庭院能見到有人在工作室忙碌的身影。在這樣半開放的空間裡生活走動，不過幾日，同期駐村的藝術家就大致摸清了彼此的來歷與脾性。

第一個與我成為朋友的，是來自伊朗的藝術家B。B是個散發明星魅力的女人，活潑大方、溫暖慧黠，無論身在什麼場合、什麼人群之間，她都能很快地成為焦點。駐村不過兩個月，B便結交了無數當地藝術圈人士，被我們戲稱為聖塔菲的「地下市長」。平常總是開開心心的她，只有在提到家鄉伊朗時，才會顯露憂愁的那一面。

她和許多移民一樣，即便好不容易到達了夢想之地，卻仍念著留在家鄉的親人，放不下過去，也無法對國家現況置身事外，只能像個逃離問題家庭卻仍念舊的孩子，在窗外憂心忡忡地徘徊不去。

B將對家鄉的矛盾愛恨，全數傾注在空白畫布與行動表演上。創作時，她的表情凝重而嚴肅，眉眼間的騰騰殺氣裡夾纏著繾綣的悲傷，然而當她一離開工作室，就又是那個笑臉迎人的開心果。

駐村生活中，有B這樣隨和的人，也不免有些難相處的。

例如X，全身上下彷彿裝了通電鐵絲網，散發著一股生人勿近的界線感。作為一個土生土長的非裔美國女子，X的生活經驗充滿了大大小小的傷害，這些傷害不僅是種族的、階級的，也是性別的。她將過去承受過的歧視言論一字一句印出，拼貼成一幅占據整面高牆的巨型創作。那些尖銳字眼在眼前轟轟叫囂，就像被人用手指著鼻子大聲咆哮。

X總是神經兮兮，她無法忍受公共廚房的流理台上留下一點水漬，總是拿著一塊抹布不停地擦。有一次，她告訴我她不再看新聞，因為那些新聞令她感到失控，而她甚至曾為了平息那種失序感而酗酒，後來好不容易才戒掉。

X總是處在一種備戰狀態下。

一次，為了件雞毛蒜皮的小事，X在晚餐桌上對一個白人藝術家咆哮，此後整個駐村期間都把對方當空氣；另一次，她對另一個來自南非的藝術家叫罵，說像她這樣的白皮膚女性，不應自認有權詮釋非洲文化。

在X的盛氣凌人背後，藏著許多的傷、對傷害的預設，以及隨之而生的，無止無盡的焦慮。

身分政治無所不在，膚色、性別、性向、國籍、政治立場、美學品味，什麼都是一種標籤。為事物命名與詮釋是一種權力，然而這其中有時也存在著矛盾，就如某些大聲呼籲去標籤化的藝術家們，也在標新立異與創造新命名的過程中，製造出更多的差異與隔閡。

只有當X感到安全時，才會卸下刺蝟的外皮，露出藏在裡頭的柔軟與真性情。身為一個態度和善的台灣女子，我對X來說，應該是沒有任何潛在的威脅感吧，或許這是為什麼X從一開始就對我很友善的原因。我們的吃飯時間都很晚，常常同時出現在廚房，她煮她的，我煮我的。X吃得很健康，每餐都蔬果充足，堪稱養生模範。

她豁達的說：「我沒有另一半也沒有小孩，還要身兼生病老母的看護。以後我會一個人變老，所以我得好好照顧自己。」

駐村期間，生活規律，每天讀一點書，寫一點字，腦海裡時時醞釀著各式各樣的想法。有時和其他藝術家一起去鎮上，漫無目的散步聊天、逛書店、去假日農夫市集採買，或是正經八百地參觀藝廊展覽、音樂會、文化沙龍。然而我最喜歡的，還是和朋友們在晚餐桌上，分享近期萌生的靈感或遭遇的瓶頸，聽聽彼此的人生故事，不真的計較有多少的作品產出、多深奧的創作提案，只是單純的享受眼前共享的一時一地。

某天起床，感到渾身不對勁，趕緊快篩，沒想到中了新冠。在房間隔離了一個多禮拜。重見天日時，外頭早已物換星移，夏天不告而別，秋意染上中庭的樹梢，翠綠的樹葉轉為金紅，涼爽的風一吹來，窸窣落了滿地。

一批駐村者走了，來了另一批新的藝術家。

O寫奇幻文學，人看起來也像從魔法世界走出來的巫師。他頂著一顆大光頭，留著一蓬金橘色的濃密鬍子，長度直達肚臍。他天天穿著全黑的衣服，肩膀寬闊，看起來十分高大，然而因為他半身癱瘓，平常都坐著輪椅行動，所以看不出他實際上到底有多高。

O並非生來就半身不遂。二十一歲時，他和一群朋友開車出遊，車在雪地裡打滑失控，O往前拋飛出去，脊椎嚴重受損，從此不良於行。然而他還清楚記得行走的感覺。他說當他做夢時，夢裡的自己從不受限於輪椅，而是和從前一樣能夠自由自在地跑跳，有時甚至還能飛起來。

一個秋高氣爽的周末，B和藝術中心借了無障礙箱型車，載著我和O，在布滿碎石砂礫、仙人掌和疏鬆塵土的小路上顛簸，朝沙漠中的「魔鬼峽谷」（Diablo Canyon）而去。魔鬼峽谷不負其名，高聳而尖銳的岩山拔地而起，綿亙到遠方的視線消失點，亂齒般的大小石塊在陽光下反射著鏽紅色，凶狠地戳刺著清澈的藍天，蠻荒壯麗、懾人心神。O的電動輪椅無法深入沙地，於是他在步道口找了個位置固定好自己，催促我們去探險，再三保證他自己一個人很好。

回來時，我遠遠為O拍了一張照片，畫面裡的他坐在輪椅上，正抬頭看著壯觀的荒漠峽谷。

白日逐漸縮短，夜晚愈來愈冷，開了房裡的暖氣，棉被多了一層，清潔阿姨掃去了中庭滿地的落葉，曾經蓊鬱的大樹，如今成了嶙峋的枯枝。

烏鴉在蒼茫天空下盤旋，藝術中心與環繞周邊的園區更形蕭索與荒涼。一日午後，收到駐村經理發來的群組簡訊，說警衛在附近發現一名可疑人物，身上疑似有槍，要我們大家暫時留在房間裡不要出去。藝術中心位在半開放的園區內，四周到處是荒廢的建築物，平時雖有警衛定時巡邏，然而園區幅員廣大，無論外頭的誰都可以直接走進來。駐村中心沒有鐵絲網也沒有圍牆，房間外頭就是連接馬路的車道，有幾次深夜時分，聽見外頭傳來不明人士的腳步聲，唯一能做的，就是把門窗緊緊關上，暗自祈禱麻煩退散。

兩個小時後，警衛說抓到人了，只是一個剛好晃蕩到此地的閒雜人等。警報解除，我們鬆了一口氣，大夥兒相約出門吃飯，然而內心卻都還是有點驚魂未定。

隨著氣溫節節下降，繁忙多彩的生活也慢慢冷卻下來。皮膚乾燥龜裂，即便日夜塗抹乳液，依然隱隱作痛。藝術家開始想家了，一個接著一個打包行李，有人趕回去照顧年邁家人，有人去參加女兒學校的結業典禮，有人奔向愛人的懷抱，有人去參加親人的葬禮。駐村最後一個星期，大家走的走，留下來的也各忙各的，偌大的藝術中心經常空無一人。十一月初某天半夜，天空飄下毛毛細雪，早上醒來時，外頭的樹、桌椅與車子都覆上了一層厚厚的白雪。

雪一下，整個天地就安靜了。

那一陣子，我們常常舉辦道別派對，有酒有食，說說笑笑，往往進行到午夜才散。

B和O離開的前一天，我們在停車場裡的廂型車上聊天。天色逐格變暗，外頭寒氣森森，我們沐浴在車裡的暖氣中。O用他溫柔的嗓音，向我們朗誦一篇他寫的童話故事：一棵樹的樹枝刺破了天空，星星流瀉而下，在地上磨擦成了燎原星火。為了縫補天上的破洞，一隻變色龍開始編織修補，卻不知不覺把自己也織進去了。從此孩子們抬頭仰望星空，都會見到一隻如鑽石般閃閃發亮的變色龍。

故事沒頭沒尾的。車窗凝滿了白霧而朦朧，日落前最後一抹光斑停留在B的鼻頭上，像一隻翩翩蝴蝶，輕拍著粉粉的翅膀，抖落一身燦亮粉塵。

下車前，我們握了握手，說好還要在地球的某一處再見。

清晨四點三十分在房裡醒來，四下一片漆黑，意識卻逐漸清晰。某處行李拉鍊拉上，淋浴間水柱奔流，物件碰撞，零碎聲響在朦朧的夜色裡格外清楚。不知道是誰要離開了，我聽見那人推開房門，走上細碎的石子路，碰一聲關上後車廂，然後啟動引擎倒車上馬路，在四下無人的清晨，駛上長長的公路，朝如水夜色滑行而去。

世界說大不大，說小不小。或許緣分的真面目並不全然是巧合，而是相似意志必然發生的聚散。

X是最後一個離開的。幾個月來，她目送人們來來去去，無動於衷過她的生活，照樣三餐下廚，照樣埋首創作，對於她不喜歡或不在乎的人，甚至連聲再見也不說。然而在我離開的前一天晚上，卻突然收到X傳來的訊息，「明天離開前，別忘了到我房裡跟我說再見！」看著這熟悉的霸道口吻，忍不住微笑起來，竟然連不捨都這麼的鐵石心腸！

隔天收好行李，特地去敲了X的房門，門後是一張毫無防備的燦爛笑容。她用力抱了抱我，「後會有期！」還俏皮地眨了眨眼睛。

三個月的駐村行至尾聲，平時散放著茶水杯盤、成疊書籍、衣物鞋帽、食物藥品等生活雜物的房間，再一次收拾乾淨，回復空白，如外頭潔淨平整的冰天雪地。繳回鑰匙，原物歸還後，才終於有了結束的真實感。再見了，三個月的家。

雪繼續飄落，兩隻經常在附近徘徊的狐狸，腳步輕盈地經過無人的藝術中心。

拉蕾

新墨西哥州的焦糖色陽光，烘烤著連綿起伏的丘陵，車上音響流瀉一女中音歌聲，疏懶的嗓音彷彿摻雜了沙子，耳鬢廝磨，令人慵懶而昏昏欲睡。拉蕾（Laleh）跟著音樂隨性哼唱，方向盤上的手指輕輕打著節拍。車窗外是一整片焦黃與深褐色塊相間的土地，山丘上長著一叢一叢的耐旱植物，伴隨著微風輕輕擺動。睡意捎來遙遠的情懷，朦朧中有立體的清晰，眼前的景像和拉蕾的記憶重疊，她想起她在伊朗的家鄉。

乾燥的熱氣、褪色的泥磚屋、遠方的淡紫色山脈，眼前種種，都似曾相識，像家卻不是家。十年前，拉蕾從伊朗來到美國定居，自此之後就很少回去拜訪家鄉。後來每當她談起伊朗，就像重返一個美麗鮮花與有毒植物共存的花園，處處吐露芬芳，卻也伴隨著沾染毒液的尖刺。故鄉的缺席，就像通訊錄上一個刪去的聯絡人，刻意的消失，反而更加凸顯了它的存在與無所不在。

這是二〇二二年的夏末。

這年的八月十二號，印裔英籍作家Salman Rushdie在紐約當眾遇刺，身受重傷。一九八九年，伊朗精神領袖何梅尼認定Rushdie的小說《撒旦詩篇》（*The Satanic Verses*）褻瀆先知，對他下達了追殺令。這道雷霆指令跨越時間與國界，在各地社群激起響應，數十年間，幾個翻譯與出版此書的相關人士相繼遇害，恐懼如打翻的黑色墨水四處擴散。

這年的九月十六號，伊朗庫德族少女Mahsa Amini因違反頭巾法被指導巡邏隊逮捕，卻在關押期間離奇死亡，引爆了伊朗國內與各地社群的怒火。事件不斷延燒，抗議層出不窮，Mahsa Amini之死點燃了長期積累的失望與不滿，憤怒的伊朗女性高舉「Woman, Life, Freedom」標語上街，不顧自身安危摘下甚至燒毀頭巾，要求政府給出一個交代。

拉蕾在遙遠的美國，跟著其他移民一起舉牌上街。她的過去化成傷口鑲嵌在血肉裡，像一個個顫抖的風鈴，每一個血腥事件、每一個似曾相識的故事，都如狂亂的風，齊聲吹響記憶裡的警戒與恐懼。

一九七九年，伊朗爆發伊斯蘭革命，末代沙王政權轟然崩塌，何梅尼為首的政府強勢上位，隨後大量政治異議者被逮補處決，女性被要求戴上頭巾，新的規則取代舊的習慣，社會一夕間風雲變色。當年拉蕾只有兩歲，生為女人的她，從小就被有形無形的戒律重重捆綁，出門要遮蔽皮膚穿著得體，笑的時候嘴巴不能張得太開引人遐想。

然而拉蕾的父親卻不願用恐懼來統治兒女。他是個作風自由的知識分子，相信道德的重要與獨立思考的力量，他叮囑四個女兒們，在外面要小心謹慎，但回到家，就好好地做回自己。

拉蕾記得讀小學時，學校旁的廣場時常舉行鞭刑，也曾經有過死刑。她的一個阿姨十分熱衷於這樣的「公共表演」，一次去廣場旁觀完一場吊刑後，來到拉蕾父母的家，在早餐桌上和他們鉅細靡遺地描述犯人如何顫抖、如何在刑場上尿了褲子。拉蕾的父親極力讓孩子遠離這樣的醜惡，每次到了放學時間，只要廣場上傳來行刑消息，他就會刻意繞遠路載孩子回家。

父親的保護僅限於家的範圍，出了家門，來到眾人的視線底下，便是排山倒海而來的壓力。

二十三歲那年，拉蕾嫁給了年長五歲的遠房堂哥。當時拉蕾剛從藝術大學畢業，在高中教書，她的未婚夫是個醫師，體體面面，人人景仰。婚前，他們聊藝術、科學與性愛，無話不談。拉蕾一直以為未婚夫是個思想開放的人，卻沒想到登記結婚那日，丈夫突然變了臉，在新婚房裡告訴她：「現在我擁有妳，今後妳所有的決定都要過問我。」

婚後，拉蕾跟著丈夫搬進德黑蘭的一間小公寓，開始了她的半囚禁人生。每天晚上七點，拉蕾的丈夫去急診室值班，離開前把整間公寓的門窗鎖上，鑰匙帶走，不准拉蕾擅自出門。早上七點丈夫回到家，兩人對坐桌前一起吃早餐，隨後拉蕾便出門去學校教書，日日如此，周而復始。

曾經一次拉蕾下班，心血來潮在街上走走看看，回去的時間比平常稍晚了點，一踏入家門，丈夫就瘋狂將她的衣服層層剝去，扯下內褲湊近眼前仔細檢查，搜尋任何放蕩不檢的蛛絲馬跡。當年，他們兩個都還年輕，都還愚昧，控制的與被控制的都深深迷失，他們激烈爭吵，也激情做愛，六個月內，拉蕾懷孕了兩次，也墮胎了兩次。第一次，拉蕾的丈夫動用關係，從黑市尋來墮胎針劑，親自為拉蕾注射。過程冗長且痛苦，當肚裡的胚胎終於伴隨著劇痛、血與黏液滑進馬桶時，拉蕾很快按下沖水鍵，沉默地看著那肉塊被吸入黑洞深處。第二次，兩人找上一位女密醫，拉蕾躺上醫師在自家客廳立起的簡陋手術床，張開雙腿，在痛苦的嚎叫、痙攣的抽痛與炙熱的汗水中，道別了第二個孩子。

安靜的，沉重如灰塵，炙熱如冰塊的窒息。

這段婚姻是個錯誤，兩人浮浮沉沉，浸泡在自身缺陷的毒液當中，也受制於各種高於個人的無形枷鎖，不快樂卻也不知該如何快樂。拉蕾萬萬沒想到，最後是一本書拯救了她。在那段半囚禁的婚姻時光中，拉蕾的丈夫擔心妻子無聊，在家裡留了幾本書給她讀。其中一本，拉蕾如今已記不得書名，然而書中一個畫面卻深深烙印在她腦海中。故事裡的女子為一個富有家庭工作，日子卻充斥著種種不公與痛苦。有一天，女人的忍耐到了極限，她不願再繼續這樣活下去。於是她毅然決然跨上馬背，頭也不回朝自由的遠方馳騁而去。拉蕾的腦袋轟轟作響。放下書後，她一語不發地收拾了行李，趁隙離開德黑蘭的小公寓，離開那段失敗的婚姻。

恢復單身，緊纏心頭的窒息感卻仍久久不散。拉蕾搬進德黑蘭一處租金低廉的地下室房間，每天抽一包半的香菸，喝辛辣的私釀烈酒，立起畫架，開始創作大量的自畫像。那些畫像氣勢兇猛，半自毀半發洩，像在對抗著冥冥中的什麼。拉蕾畫了一張又一張，反反覆覆重組線條、形狀、色彩，試圖衝破那無所不在的陰鬱與大面積的黑。然而尼古丁、酒精與自溺卻安撫不了狂躁發燙的心，她厭惡人群，懼怕規則，渴望獨處，於是，她開始一個人去爬山。

德黑蘭就位在高聳的Tochal山腳下，拉蕾總是選在星期天人潮稀少時前往。大自然裡眾生平等，沒有宗教，沒有政治，沒有對錯。在大山懷抱中，拉蕾逃離了無所不在的眼睛，釋放了無處宣洩的失落與憤怒，靈魂的無聲尖叫終於漸漸平息。

她爬了一座又一座山，野心漸大，很快便加入專業登山隊，開始了系統化的訓練。她上健身房操練筋肉，在攀岩場裡鍛鍊爆發力，碳化的憂鬱隨著汗水排出體外，身體的強大連帶增強心靈的韌性。有一天，拉蕾看見伊朗國家女子登山隊公開選拔的公告，考慮後，決定報名挑戰。

這是一個名利雙收的機會，吸引無數人爭搶，八十多人報名參加，最後只選出八人。為了豐富履歷，拉蕾多次攀登伊朗境內的大小山峰，後來更靠著親友贊助，攻上了土耳其的亞拉拉特山（Mount Ararat）、坦尚尼亞的吉力馬札羅山（Kilimanjaro），珠穆朗瑪峰基地營（Everest Base Camp）以及洛子峰（Lhotse）。

女子國家隊選拔賽總長六星期，戰況十分激烈，幾乎每個禮拜，選手都得面對嚴苛考驗，在陡坡上長時間奔跑、黑暗中用手打出指定款式的繩結、在睡眠不足的狀態下跋涉嚴寒高山、演練遭遇雪崩與失足時的臨場反應。八十幾名選手，很快就被淘汰到剩下不到一半。

拉蕾實力堅強，最終入選了國家隊。隨後幾年，是一次又一次的遠征、電視採訪、報紙報導。拉蕾站在光榮之巔，心裡卻拉鋸著種種難以言喻的衝突感。身為女權主義者的她，對伊朗當局政府不以為然，然而追逐登山夢的她，肩上扛的仍是「伊朗伊斯蘭共和國」的招牌；她曾被電視台記者威脅，逼她收回對政府的批判，否則就要所有工作人員馬上打包回家，取消採訪；就連身在高山上，她都得謹慎遵照道德律法的規定著裝，不能隨意露出皮膚。原來就連大自然，也籠罩在政治無形的力量下。國家與個人的齟齬、社會與自我的拉扯、身為女人的特殊困境，是一次又一次的掙扎，一次又一次的妥協。她說，我一點都不勇敢。刻畫伊朗革命後生活的《茉莉人生》（*Persepolis*）作者 Marjane Satrapi 曾說：「恐懼讓我們喪失良心，也是恐懼讓我們成了懦夫。」即便登上世界高峰，拉蕾卻鄙視著自己。最初登山是為了尋回自我，如今，她卻覺得離自己愈來愈遠。

直到二十八歲那一年。

那一年，拉蕾跟著團隊前往尼泊爾，挑戰喜馬拉雅山。來到基地營時，拉蕾已精疲力盡，她看著眼前的巍峨高山，淡淡飄過的白雲，突然間，攻頂的欲望消散了。再上去可能會面臨危險，而此時此刻的她，不久前剛與一個男子墜入愛河，那份渴望與另一半共度人生的愛，以及積累已久的自我懷疑，在她腦裡化為一個聲音：「到這裡就很夠了，不需要再更好了。」

於是，她目送幾個隊員攻上山頂，自己留守基地營，心裡盈滿與自我和解後的平靜。

獨裁政治下，多元並沒有存在的空間，事物容不下複數的詮釋，人們只能擁有同一個腦袋，同一張面孔，甚至只被允許做同一種夢。《在德黑蘭讀蘿莉塔》（*Reading Lolita in Tehran*）一書中，小男孩夢見一對男女在海邊接吻，醒來後，他恐懼地向父母哭訴他做了一個「非法」的夢。獨裁的統治總是那麼相像，他們沒收的不只是有形的金錢或財產，更是人們做夢的領地及形塑自我的自由。那枷鎖隨著你上刀山下火海，成為你的眼睛、耳朵與舌頭，逃離它便是逃離一部分的自己，分離的過程劇痛萬分，有人情願一輩子裝聾作啞，有人選擇同歸於盡，抑或忍受撕裂之痛，在遙遠的他方，捧著碎滿一地的痛楚，拼湊一個永遠不會圓滿的倒影。

後來，拉蕾和第二任丈夫移民去了美國。

家中幾個姊妹分散各地，親愛的父親更在幾年前罹癌驟逝。剩下母親，還留在伊朗的老家，數十年不變地守著那些令她安心的教條，拉上窗簾，隔開所有過於沉重的事物，哪裡都不去，哪裡都不想去。

在美國，拉蕾成為了藝術家，她不再畫那些混亂的自畫像，而是投入比己身更大的，關於女人、移民與政治的對話。曾經，她說著話，卻覺得自己像個啞巴，如今她呼吸著一種更自由的空氣，不再畏懼或取悅任何人，她只是不斷畫了一張再一張，用作品說出內心最想說的那些話。

《在德黑蘭讀蘿莉塔》作者Azar Nafisi寫下：「唯一能使你離開圈限，不再和囚禁者共舞的方法，就是找到屬於自己的個體性，那獨一無二的、逃逸於描述之外的、使一個人不同於另一個人的獨特質地。＊」

拉蕾是一個逃逸之人，就如無數和她一樣的人般，逃離被定義的命運，甩脫不屬於她的詮釋，撕下被貼標籤的暴力。踩在新墨西哥州的焦黃土壤上，夢著伊朗老家的氣味。循著那條線索，家再次走進了她。

＊原文：The only way to leave the circle, to stop dancing with the jailer, is to find a way to preserve one's individuality, that unique quality which evades description but differentiates one human being from the other.

魔魅之鄉

早晨醒來，空氣的味道變了，細薄冷脆，像是拌入了冰塊與薄荷。推開窗戶，昨日的大地已然消失在肥厚的雪堆下，纖細的雪花還在紛紛落著，為樹木、街車與建築物敷上一層糖霜般的晶白。

從不知新墨西哥州的高地沙漠，竟然會下雪。

氣溫逼近攝氏零度，夏天的向日葵已全部枯光。餐館門口掛上了酒紅色的絨布暖簾，路上行人拉緊毛衣疾走，夜晚安靜的連樹枝斷折的聲響都能清楚聽見。愈是這樣的天氣，愈是渴望人煙與溫暖。

車子停在新墨西哥州小鎮Los Cerrillos上，一家叫作「黑鳥」的傳統風格沙龍（Saloon）前。十一月的冬日小鎮，冷清的大街上飛沙走石，一整排住家商店門戶深鎖，只有這家沙龍仍在營業。店家正烘烤著某種肉類，蕭索的街上飄散著木頭的煙燻氣息。室內的爐火正熊熊燃燒，牆上掛著叉枝狀的白色鹿頭骨，腳下的深木色地板踩起來嘎吱作響。幾個頭戴牛仔帽的中年男女閒坐桌邊，桌上散放著幾瓶喝到一半的啤酒，半溫半冷。

在新墨西哥州旅行，只要到沙龍吃飯喝酒，就有種搭時光機回到舊日時光的錯覺。

十八、十九世紀美國西部拓荒時期，是個充滿狂熱的年代，淘金、採礦、造鐵路、毛皮貿易、買地賣地風起雲湧，促成一個又一個大城小鎮的繁榮，沙龍文化也隨之擴散盛開。

沙龍原是龍蛇雜處之地，有的賣食賣酒，有的提供住宿，有的備有餘興節目。小小地方，往來的是辛苦工作一天的礦工與牛仔、到西部來做買賣的律師與投機客，又或是在沙龍討生活賺外快的歡場女子，還有不少背景可疑、身世不明的不法人物。據說在當時的沙龍裡，人人相識時都有個默契，只問名而不問姓，也不能隨意問起對方牧群的大小，那在今日等同探問他人的收入高低。拓荒年代的沙龍，陰影裡藏著團團祕密，而祕密總是裹夾著危險，知道的愈少愈好。人人踏入沙龍，不過暢快喝幾杯啤酒、吃些熱食、賭個幾把、交換情報，或與溫香軟玉共度春宵。偶爾，酒酣耳熱之際，人群間爆發衝突爭吵，鬥毆甚至謀殺皆時有所聞。然而到頭來這一切的一切仍化為那眾多西部光怪陸離故事的其中一個註腳，見怪不怪，不過一道尋常的下酒菜。

生活並不浪漫，英雄救美人的故事大多只存在於電影，更多的是艱難的勞動、無根的飄零、無名的死亡。新墨西哥是個寂寞的地方。滿山遍野的荒煙漫草，徘徊著許多熱血沸騰、心底卻空燒著孤獨的靈魂，而沙龍便是這樣一個，讓漂泊心靈暫時停泊的所在。

最早，這片貧脊沙漠、高山荒原與岩石台地，是許多原住民族世代棲居的家。

在他們眼中，萬事萬物皆有靈性，山川湖泊是神聖世界的入口，雲朵石塊與雷電皆捎來不同的訊息。面對瞬息萬變的自然現象，人心生敬畏與懼怕，為了與大自然溝通，甚至學會預期與控制，古早的人們透過舞蹈、裝扮與儀式來和環境產生連結，以求天人一體，和諧共振。

十六世紀，西班牙人為了尋找傳說中的「黃金城」，從南邊的墨西哥殖民地揮師北上，在地圖上這方空白之地兜兜轉轉，歷盡千辛萬苦，最終卻只找到幾棟可憐兮兮的泥磚小屋。幻想雖然破滅，但他們卻未就此放棄，有的繼續四處尋寶，有的卻決定留守原地，在廣大荒野中開枝散葉。這群新來者，在原住民族的土地上，建起一座又一座教堂，在萬物有靈的古老世界裡，敲起天主信仰的鐘聲。

荒一寸一寸的拓出去，荒也一寸一寸的逆襲。兩個截然不同的世界板塊互相推擠、摩擦，原住民各部落與西人時而合作，時而反目，在大地上爾虞我詐、浴血廝殺，同時還都得對抗種種疾病與天災，在彼此的荒裡墾著荒，說不清是獲得的更多，還是失去的更多。

拓荒者面對的失根，不僅是地理上的，更是精神上的。然而百轉千迴、進進退退，最終卻都還是留下來了。

近距離的接觸，有短兵相接，也有肉身的交合，新仇舊恨在愛恨中互相纏繞，直至難捨難分。

西班牙人與原住民族混血，然後又是混血的混血。血液裡湧動的雜質緩緩沉澱，日子也逐漸塵埃落定，好長一段時間，那些混血後代在荒郊野外耕種作物，放牧牛羊，以物易物，自給自足。物資稀有，欲望也寡，人人守著簡單生活踏實地過，四季伴著生老病死緩步而行，空氣凝滯著一種近乎與世隔絕的寧靜。

時光在安定的表象下持續奔流，一個狂熱熄滅，另一個狂熱悄悄取而代之。

十九世紀，東邊美國勢力快速擴張，礦業與鐵路工程如火如荼發展，一個陌生的新世界，沿著新的經濟狂潮入侵新墨西哥州，戳破了那綿延百年的朦朧夢境。曾經，西班牙殖民者帶著優越感踏上這片土地，幾個世代後，那些在荒郊野外依循傳統方式過活的後代，卻在野心勃勃的美國人眼中，成為了貧窮的落後族群。

貿易盛行，大路打通，新的法律排擠舊的風俗，貨幣經濟重創以物易物與自給自足。為了換取貨幣，小鎮青年離開家鄉到遠方追夢，不諳算計的鄉下人被精明律師與投機分子半拐半騙，低價賣地，換來能夠一時揮霍的錢財，卻就此成了無產之人。

風水輪流轉，時代進程迅速，人心翻頁卻遲緩。在劇烈震盪的餘波下，有人的日子就這麼成了殘磚碎瓦。無助，失落，徬徨，在荒山野嶺中無語迴盪。經歷了西班牙長達兩百多年的統治，以及墨西哥短暫的治理後，新墨西哥最終在一九一二年，正式併入美國。

時代的巨浪從未停歇，有人乘著浪上去了，有人卻淹滅在浪底。

一個風和日麗的夏日早晨，來到新墨西哥州首府聖塔菲（Santa Fe）與歷史重鎮陶斯（Taos）之間，一個小小的山間小鎮Las Trampas。恰巧碰上了假日農夫市集，人群聚集著歡聲笑語，一百多歲的村莊老嫗坐在椅上看著人來人往，一群小孩尖聲笑著追逐而過，攤子上有五顏六色的蔬果與冒著熱氣的燉湯，四周綠樹搖曳，鳥語花香，一片天堂花園的景象。

市集旁，有一棟建於西班牙時期的教堂。建築外形厚實沉重，過去是教堂也是堡壘，暗示著流血衝突頻發的過往。教堂斜對角不到二十步遠的地方，有一座被拆毀的房舍，在陽光下宛如公路上一隻被輾過的動物，坦露著鋼筋、電線與泥巴交纏的凌亂內臟。一位當地人告訴我們，有人在那棟房子裡製作冰毒，經人舉報，房子依法清空拆除。

佛場通魔場，教堂與毒窟，幾步之遙的距離，膨脹著人淵遠流長的孤獨。

電影《遊牧人生》（*Nomadsland*）的主角Fern，原本與丈夫住在一個叫作Empire的小鎮，鎮民全在同一個工廠工作，無論食衣住行還是社交活動，都與工廠生活緊密交織。然而隨著產業變遷，公司無能抵抗而倒閉，一群原本安居樂業的人，突然成為無業遊民，眾人紛紛打包離去，繁華小鎮一夕淪為鬼城。Fern在丈夫去世後，一個人踏上流浪車旅生涯，哪裡有零工就往哪去，天南地北的奔波。她說她不是Homeless而是Houseless，然而事實是她徘徊在「有家」與「無家」的模糊邊界，在漫漫長路上尋覓著「家」在傳統定義之外的其他可能，心裡或許卻早已淡然接受，人追求「家」的想望終究會是一場幻滅。

像Empire這樣被時代無情遺棄的鬼鎮處處皆是。時間換了張臉，奉上的卻是似曾相識的劇情——異文化與新產業帶來衝擊，曾經的謀生技能武功全廢，被時代拋下的人掙扎求生，身無所長的人渾渾噩噩。還有那無邊無際的遼闊，無止無盡的無聊。自由也要代價。

新墨西哥的荒蕪，蠻荒而恐怖，然而當太陽西下，大地上的泥磚屋亮起盞盞暖黃燈光，深紫色的天幕突然變得無盡溫柔，彷彿暫時收編了所有的瘋狂與寂寞，這時你又深深體會到，這荒裡存在著無法忽視的絕美，懾人心魄，近乎神聖。

綠洲沙龍點亮爐火，鄉間民宅升起炊煙，有人在黃昏的濛濛光線下採摘野生的荒漠蒿，染了一身曠野的香氣。Land of Enchantment，魔魅之鄉，這是新墨西哥州的小名。它的魔力就在它的荒之中，那荒遠看死氣沉沉，近看卻是生機盎然，就如晚年隱遁新墨西哥州的畫家Georgia O' Keeffe筆下那些皎白的動物骨盆，乾枯而純淨，透著一股靈動氣息，彷彿在沉默之中，急切地想訴說那些生之愉悅的記憶。

無人的荒野裡，風一路旅行，吹過亂石累累的台地、松濤陣陣的山頭、月光晶瑩的白色沙丘、龍舌蘭沉睡的大地。厚厚的地層裡，掩埋著上古生物的遺骸、群馬奔騰的蹄印、世代人類的灰燼。即便無人注視，無人知曉，光芒萬丈的日出，仍然每一天在紅色峽谷後方緩緩升起。

彷彿有一個無形的界線，踏過去，就真正進入絕對的荒野了。

一個周五早晨，在聖塔菲馬路邊一家Denny's餐館吃早餐。

此時此刻，城裡正如火如荼舉辦著一年一度的慶典。這個節日最早紀念的，是西班牙人征服新墨西哥州的歷史事件，然而時至今日，民族意識高漲，多元認同抬頭，同一個節日，一種解釋已經遠遠不夠。我喝著熱咖啡，讀著聖塔菲當日發行的報紙，幾個來自不同族裔背景的新墨西哥居民，在六大面的跨頁上，各自傾訴著對歷史的歧異詮釋，以及對現今階級落差的不滿。

隔壁桌是一群說西語的家庭客，話音此起彼落，吵吵鬧鬧。一個熱切說著話的年輕女孩，一頭蓬鬆微捲的長髮反射著陽光，亞麻籽般的雀斑在脂粉未施的臉上散開，明亮大眼在瘦削的臉上骨碌碌流轉。說不上是美女，卻從一團鬧烘中脫穎而出，平凡地吃著美式培根炒蛋，平凡地喝著便宜的咖啡，平凡地說著無趣的話，然而某個閒散的特質卻定格在永恆中，彷彿一張褪色的老照片，任何人都因身為承擔時光的一分子而壯麗且俊美。

窗外是空曠的大馬路，車輛來來往往，一個流浪女子徘徊在馬路中島，手裡舉著一張破爛的紙牌，上頭用黑色馬克筆寫著：我們並非全是毒蟲與酒鬼（We are not all drug addicts and alcoholics.）。

歷史的幽魂，仍在日常裡靜靜潛行。

續了三次黑咖啡，吃完一盤高熱量食物，頭腦開始起霧。

陽光很烈，馬路反光很亮，一個不知是流浪漢或嬉皮的男子蹲在公車亭下，腿間夾著一隻長鼓，身邊的隨身音響大聲播放著音樂，手裡跟著節奏敲打拍擊。一隻小灰狗在他身邊雀躍地跳上跳下，像在為主人喝采。無人佇足觀賞，一切都在長而筆直，車流繁忙的大馬路邊發生。

如銀壺拋物線注入杯中的黑咖啡，苦澀，空曠且綿長。

夜晚在Motel

從新墨西哥州跨越亞利桑那州界時，地平線上僅剩一抹殘餘的夕陽，在團團沉降的黑暗中異常明亮，像一團不甘沉落的豔紅火球。

闇冥中，車輛從我們旁邊疾駛而過，然而寬敞的公路很安靜，很安靜，隔著漸暗光線與車窗的阻隔，看不清別台車裡呼嘯而過的模糊人影。

連續開了三小時的車，J整個人累了倦了，神經異常脆弱，我們剛才吵了一架，整趟路程都沉默著沒說話。

車子滑下高速公路，進入霍爾布魯克（Holbrook）市，街道冷冷清清，商店櫥窗裡一片漆黑。跟著Google地圖指示來到旅館Brad's Desert Inn，熄火下車，刺骨寒風的手爪瞬間伸進衣服裡，沙漠的冬天，總冷得令人措手不及。

Check-in櫃檯後方是個身形扁矮的女人，臉上塗了厚厚一層粉底，在日光燈下如一面胡亂油漆的白牆，過分厚重的假睫毛彷彿也載滿了疲憊，拉著眼瞼疲軟地垂下。

進入房間卸下行李，打開牆邊的暖氣，一陣沉悶如髒襪子的氣味徐徐拂面。拉開窗簾一角，見到櫃檯的女人收拾好了東西，關上了小辦公室的日光燈，在夜晚寒風中縮著身子走向汽車，隨後開車離去。

到Motel旁走路五分鐘的墨西哥家庭餐館吃飯。

整條街烏漆抹黑，只有這間平房餐廳透出明亮燈光，紅色的霓虹燈在寒氣中嘶嘶作響，通電的仙人掌圖案靜靜飄浮在汽車擋風玻璃的濃黑反光面上，像來自深邃異界的顛倒沙漠。

整間餐廳瀰漫著油煙味，日光燈下霧濛濛一片。我們挑了窗邊座位坐下，身旁是一群形形色色的食客：身形魁梧的原住民男子單獨坐著，面色沉重地喝著冰啤酒；一群家長帶著孩子坐在最裡頭的大長桌，幾個小孩吵鬧地繞著桌子奔跑；一對腦滿腸肥的中年夫妻，正用玉米脆餅撈著碗裡的酪梨醬；兩個戴著牛仔帽的白人中年男子，低頭忙著進食。

離開小餐館時，店家在我們身後關掉了店裡一半的電燈，黯淡的街道頓時變得更加冷清。

回到Motel，我們仍不說話，各自洗了澡，躺在床的兩側，半夢半醒看著電視。是Quentin Tarantino的電影《不死殺陣》（*Death Proof*）。濃豔的紅色與藍色在螢幕裡跳耀，女人鮮血的紅，殺手病態的藍。好多美麗的女人，也好多慘死的女人，活色生香，血肉模糊。誇張的暴力，反倒成了驚詫的好笑，誰不喜歡美麗事物被蹂躪所帶來的快感。

不知不覺沉入睡眠。夢境是冷的，像一隻白天鵝悄然滑行於一池鏡面黑水上。深層朦朧間，突然一陣警報大作，夢中天鵝驚慌振翅而去，留下片片輕盈的羽毛。倏然睜開雙眼，才發現警報聲原來是沉重的敲門聲，咚咚咚！咚咚咚！「女士！女士！」有人在門外用力敲門叫喊。我忘了我和J正在冷戰，趕緊搖醒睡在身邊的他，兩人一下子就清醒過來，手裡緊抓著彼此，眼神警醒地盯著大門。

Motel的門窗很薄，敲門叫喊聲持續不斷，整個房間似乎都在顫抖，好似隨時會有人闖進來。正當J穿上衣服準備去應門時，突然聽見隔壁房客的叫喊。「在這裡！」一個低沉男音說。門口的人發覺敲錯了門，趕緊走到隔壁房查看。從窗簾縫看出去，大半夜的，隔壁房卻燈火通明，外頭有一輛救護車，一個女人不知道發生了什麼事，躺在擔架上被抬出來，不斷發出慘叫與痛苦呻吟。另一個男人跟著走出來，聲音壓得低低講著電話，隱約聽見他和另一頭的人報告「大事不妙……」

早晨，燦爛陽光從薄窗簾透進來，是一個風和日麗的日子。打開門，光線一下子就灌了進來，昨夜的混亂彷彿一場奇異的夢，被遺留在夜最深的中心。

想起了納博科夫的《蘿莉塔》。年近四十的繼父，對一個十二歲的小女孩萌生畸愛。繼父隱瞞了蘿莉塔母親死亡的真相，若無其事帶著她踏上一場違背倫常的異色之旅。蘿莉塔的美夢與惡夢，在公路旁一間間旅館錯誤地盛開，又懵懂地凋零。她與繼父流連於一個又一個暫時棲地，被虛假的安全感蒙在鼓裡，不知道自己其實早已是個無家之人。夜晚，她臣服繼父跟前乞求心靈的安慰，那無助卻坐實了繼父扭曲的滿足：「她完全沒有其他地方可去。」

時間過長的旅行，有時足以誘人發瘋。

我們在另一個城鎮，另一家Motel check-in。游泳池正在整修，角落堆滿了凌亂的建材，二樓的欄杆邊倚著一個影子，墨黑的目光打量著我們，看不出心思與意圖。

空氣裡瀰漫著大麻的氣味，一對男女在樓梯間吵架，女人最終尖叫離去，男人則頹坐階梯，點起一根菸，抽得很慢，很慢。

三更半夜，又被女人的聲音吵醒。

噪音來自隔壁，電話鈴聲穿透夜晚迷霧，像根根針雨般落在我熟睡的臉上。黑暗中，靜靜聽著牆壁另一頭的騷亂。女人歇斯底里地哭著，像颱風忽大忽小的陣雨，時而低聲啜泣，時而傾倒狂嚎。電話鈴聲響起，她接了起來，不斷哭嚷著「對不起……對不起……對不起……」，然後掛了電話。沒過多久，又響起刺耳的鈴聲，她再接起，又是懺悔的「對不起……對不起……對不起……」。

除了對不起外，其他什麼話都沒說。

就這樣折騰了一個多小時。隔天早上，經過隔壁房間時，發現門是敞開的，清潔工正打掃到一半。好奇探頭進去瞧了瞧，除了凌亂的床單外，什麼線索都沒留下，彷彿昨夜那陌生女子的撕心裂肺，只消最基本的清潔整理，便能回歸原狀，重回陽光下的秩序井然。

記憶彷彿是透明的，裝在一個又一個暫時的房間裡，門打開後，便一溜煙逸散出去。

在賭城拉斯維加斯的那幾天，無時無刻人潮環繞，閃爍燈光與電子音樂輪番擊打眼球與耳膜，一直覺得好擠好吵。因此當我們離開拉斯維加斯，來到內華達州與加州交界、死亡谷（Death Valley）邊緣的一家賭場Motel時，覺得四周異常的寂靜空蕩。

平坦大地上，只有那間Motel、一家看似歇業的餐廳、一座只有兩個幫浦的簡易加油站，以及一個莫名其妙的彩色巨牛塑像。若拉斯維加斯是一團炫目大火，那這位處邊界的Motel就像跳散至外圍的零星小火種，在廣袤天地間，兀自閃爍著刺眼絢麗的賭城風格舞台燈光，無人觀賞，無限寂寥。

Motel 內裝老舊，賭博遊戲機台螢幕閃爍，牆上掛著泛黃的油畫，角落裝飾著西部牛仔風格的仿古什物。大廳角落，半人高的隔板草率地隔出一方用餐區，牆上掛著漢堡、冰淇淋，以及冒煙咖啡杯造型的霓虹燈。八〇年代西洋金曲在老音響中嘶啞地唱著，幾個旅人百無聊賴地坐在餐桌前，叉子懶懶戳著盤中食物。身邊的事事物物，似乎都在無聲中緩緩地磨損、滲漏、變舊。

女服務生神情疲憊地帶著菜單走來，黑色的下眼線經過一天的操勞，已經糊糊地暈開。J 點了牛排薯條，我點了肉丸義大利麵。麵煮得很糟，糊成一團無味的水煮澱粉，加了大量的 Tabasco 辣醬與黑胡椒粉調味後，才勉強入口。

沙漠日夜溫差巨大，白天還熱得讓人冒汗，到了此時的夜晚，卻冷得令人直打哆嗦。荒漠Motel的夜晚無風無雨，窗簾縫外是一片深邃的黑，四下安靜，房間在長廊最遠最深處，連大廳遊戲機台的逸樂聲響都聽不見。

J想早起看日出，於是我們早早上床。一整晚輾轉反側，暖氣機不夠強，寒意不斷從棉被縫隙滲透進來，睡睡醒醒之間，窗外已然洩進幽幽晨光。大清早的氣溫很低，套上了厚厚的外套鞋襪，睡眼惺忪走到外頭。蛋黃般圓潤的太陽剛在地平線上露臉，四周籠罩著淡黃淡藍的光線，遠方大山的陰影是神祕的紫色，一切看起來都清新、輝煌而柔和。Motel招牌的燈泡還在一閃一閃，在晨光照耀下，像一場放涼的美夢，有種置身事外的淡然。我們在這片曠野間踱步，附近歇業的餐廳外牆上，貼著一張尋找失蹤人口的告示，照片裡的人眼神空洞而瘋狂。突然看見遠方空蕩寬大的馬路邊，立著一個小小的人影。大地上沒幾棟建築，剛才卻沒見到他從哪個方向走來，彷彿就這樣憑空出現。原以為或許是從哪流浪至此的人，沒想到幾分鐘後，一台鵝黃色的校車竟從遠方緩緩駛來。這鳥不生蛋的地方竟然會有校車？真是令人驚訝。校車在路邊停下，那人上車，車子轉了個大彎後駛回來路，又消失在遠方。

實在太冷太睏，於是回頭走向Motel，打算再補個眠。清晨的賭場大廳，散發著一種磨損後的朦朧光輝，電子遊戲機台徹夜閃爍，一隻大貓正懶洋洋躺在吧檯的LED遊戲螢幕上，呼嚕嚕打著盹。我靠近牠，牠睜開眼睛，卻不閃躲，聞了聞我的手指，便任由我搓揉牠溫暖柔軟的皮毛。在牠身下，螢幕畫面裡的老虎和金幣圖案不斷翻滾閃爍，牠卻絲毫不受干擾，逕自沉浸在睡眠的餘溫當中。

這一路上，沒遇到什麼人，沒說什麼話，倒是在賭場旅館的清晨遇上這隻貓，在我指尖毫無防備地伸懶腰，陽光在牠的平滑鬍鬚上鍍了金，比所有真真假假的金幣都還要高貴。

旅程的終點站是洛杉磯。在天高地闊、人煙稀少的大西部待久了，來到人車喧囂、龍蛇混雜的大都市，整個人都警醒過來。夜車比想像中累，於是臨時決定在洛杉磯的衛星城市蘭卡斯特（Lancaster）隨便找間便宜Motel入住。沒想到被訂房網站的照片給騙了。本以為會是個棕櫚樹搖曳、氣氛悠閒的普通旅店，實際上卻是一個處處散發不祥氣息的所在。Check-in櫃檯周邊立起層層防護板，櫃檯人員動作緊繃，眼神疑神疑鬼，好似搶劫隨時會發生；Motel四周設置了白光強烈的大燈，監獄一般，就連地上的細小煙蒂、紙屑都暴露無遺；一台警車跟著我們進了Motel，警長搖下車窗，嘴裡友善地打招呼，眼神卻冷冷掃描著我們，和腦裡的犯罪檔案進行交叉比對。

下起了毛毛細雨，氣溫瞬間又降了幾度。一個男人站在窗邊，赤裸的上半身爬滿密密麻麻的刺青，他背對著房間的燈光，臉陷在陰影裡，看不清他正注視著我們，還是看著窗外發呆。

旅館房間的窗戶，全都被一種白色膠狀物黏得緊緊的，從裡面或外面都打不開，防止了竊賊，卻也困住了裡頭的人。

打開暖氣，又是那種幾天沒洗的悶臭濕襪味。床單花紋上的金色絲線好多處已經脫線，被單也起了毛球，肌膚貼在上面感到沙沙刺刺的。床頭和牆邊都鑲嵌了一面金框長鏡，不知有多少人在這面鏡子前上演激情。只是我們太累，什麼也不想做，頭沾枕便沉沉睡去，隔絕在所有發生與未發生的故事之外。

外頭颳了一夜的強風，伴隨著間歇的雨水。

長途旅行的最後一日，在機場附近的Motel房間床上，吃著附近Diner外帶的早餐。

太陽出來了，驅散了昨夜的冷雨，日光如溫暖的鼻息輕輕撫弄著棕櫚樹，洛杉磯的空氣又甜，又溫，又軟。今天是卡達世足賽，美國對上伊朗的日子，電視轉播的聲音塞滿了房間，世足的鼓噪聲反覆漲潮退潮，空氣粒子折射眾聲喧譁，陽光讓一切都變得歡欣、輕盈而透明。

數個星期的旅程，始於Motel，也終於Motel。旅館如此的無個性，提供簡單溫飽，不過問複雜問題，各式各樣的生命，被忽視的同時也被收容。

房間裡的塑膠咖啡壺。夜裡神祕的囈語。晨光下的貓。工時過長的清潔工。遺落在床單上的陌生氣息。

輕飄飄，彷彿一吹就散架。我以事物當下的樣子記憶他們，像行旅路上那些稍縱即逝的風景，微不足道，無因無果，只不過是指尖一撮令人暗自激動的金色毛絮。

巴格達咖啡

炎炎日光，將荒漠曝曬得如一席賓客散盡的酒宴。公路的盡頭，廢棄的小鎮，長日無事的倦怠，如同被人使用過又丟棄，丟棄後從此遺忘的刀叉酒瓶，七零八落，散落在黃色大地上。那黃色很淡，很淡，幾乎要融進亮晃晃的日光裡，隨時要消失不見。

一個黑人女子正和丈夫激烈爭執，在炙熱的陽光下推推搡搡、你追我逃。丈夫威脅離家出走，女人聽了火氣更旺，繼續朝他丟擲瓶瓶罐罐，邊咒罵邊追趕，但等丈夫真的跳上車發動引擎離去，女人又在後車輪攪起的漫天沙塵中雙腳頹軟，忿忿跌坐在椅子裡，流下憤怒與委屈的淚水。

萬念俱灰之際，刺眼耀目的幻日中，緩緩步出一個奇異女子。

眼前的白女人身形肥滿，裹著一身過分正式的粗呢正裝，斗大汗珠不斷從乳白肌膚泌出，流淌到漿直的衣領深處。白女人麵團般的耳垂上，夾著一對華麗耳墜，帽上還插了幾根正經八百的羽毛，整個人珠光寶氣，在周遭的荒涼零落間顯得突兀，宛如沙漠裡的海市蜃樓。

然而白女人是真實的，她和黑女人一樣，剛與丈夫大吵一架，丈夫為了給她一個教訓，將她丟包在路邊，自己開著車揚長而去。這個來自德國的白女人於是拖著沉重行李，頂著豔陽，不斷揩汗，一步一步沿著陌生國度的公路，走到這個地方。

兩個女人，說著不同語言，無論外表還是性情都天差地別，然而她們都是同病相憐的傷心人。

她們身後，是黑女人一家子經營的咖啡廳與Motel。咖啡屋裡堆滿雜物，點心櫃空空如也，咖啡機怎麼修也修不好。黑女人的兒子年紀輕輕就成了單親爸爸，整天彈著不成調的鋼琴，對其他人事物漠不關心，封閉在自己的世界裡。正值青春期的女兒，什麼都不在乎，成天跟著男孩子到處兜風玩耍，偶爾才回來跟媽媽要點零用錢。那丈夫更是沒用，懶散怠惰，交代什麼忘什麼，天天嬉皮笑臉，什麼忙都幫不上。

而那些棲居在旅舍裡的一眾租客，也各自有著各自的包袱與落寞。人人自掃門前雪，不是因為自私，而是因為自身難保。

然而異鄉人的到來，卻攪動了這灘沙漠裡即將乾涸的死水。兩個女人跨越種族與文化的友誼，彷彿久旱遲來的甘霖，殘敗的咖啡館逐漸起死回生，門可羅雀變得高朋滿座，孤單的人心找到歸屬，這才知道原來那些曾經看似死灰無望的，其實一直都在等待著被拯救的時刻，彷彿萬念俱灰的世界盡頭，真的總有那麼一個轉圜的可能。

這是電影《巴格達咖啡》（*Bagdad Café*，又名 *Out of Rosenheim*）的故事。這部一九八七年的電影，是德國導演 Percy Adlon 的第一部英語片，背景設在莫哈韋沙漠（Mojave Desert）六十六號公路上一個名叫「巴格達」（**Bagdad**）的小鎮。

這個鎮在二十世紀初因鐵路與礦業而興盛，全盛時期，鎮上有旅館、學校、郵局、咖啡館，周末夜點唱機一響，方圓百里的人都被吸引過來。後來時代改變，老舊產業衰落，新的高速公路繞道取代了六十六號公路，小鎮於是逐漸凋零。

如今，漫漫黃沙上除了一棵低矮的樹外，放眼望去光禿一片。

電影《巴格達咖啡》在小鎮巴格達舊址西邊不遠處、一家原本叫作「響尾蛇咖啡」（Sidewinder Cafe）的地方取景。當年這家咖啡館為了搭上電影名氣的順風車，把店名改成了「巴格達」。電影上映後，在美國反應普通，倒是在法國得了大獎，一首主題曲〈Calling You〉人人傳唱，被影迷奉為Cult film，許多法國人飛越大洋，風塵僕僕來到這個鳥不生蛋的加州小鎮，為的就是到巴格達咖啡朝聖。

車從平滑的高速道路，轉入塵土飛揚的六十六號公路。不一會，那棟會在電影裡見到的熟悉建築物便進入視線。巴格達咖啡孤零零佇立路邊，側牆被人漆滿了凌亂的塗鴉，窗戶也被貼紙貼得密密麻麻，從外面完全看不見裡頭的景象。電影裡，蓋在咖啡館不遠處的旅舍已被拆除，只剩下碎石累累的地基，而影中一台停放在空地上的Air Stream拖車還在，只是內裡被掏得空空如也，地上積滿垃圾煙蒂，牆上寫滿了到此一遊的姓名塗鴉。

在一片晴朗的死寂中，推開了巴格達咖啡的店門，一股蝕人腦髓的惡臭竄入鼻腔。

白日朗朗，咖啡廳卻有一種洞穴般的包覆感與寂靜，潮濕的霉氣裡夾帶著絲絲陰涼，惡臭的來源不明，聞起來像是臭酸的燉魚湯。

電影裡的長吧台還在，靠窗的座位也大致符合印象，牆邊甚至還擺著那架黑女人兒子日夜彈奏的老鋼琴。然而整間店從地板到天花板，密不透風地貼滿、掛滿、擺滿了各式各樣的雜物——錶了框的相片、觀光客們留下的貼紙、國旗、鈔票，還有堆到半人高的成疊T-Shirt，整個空間看起來像一家走火入魔的紀念品店。

一隻肥胖的老狗趴在地上，神情憂鬱倦怠，見到了我們只是抬抬眉頭，馬上又垂下目光，百無聊賴朝著地板嘆氣。

一腳在內一腳在外，正遲疑著是否該轉身離開，卻瞧見角落一個單薄的身影顫動，然後緩緩轉了過來。那是一個非常嬌小的老女人，褪色的橘黃髮絲如剛被撕過的棉花糖般散開，身上裹著一件及膝的土黃色大衣，衣料邊緣磨損，表面的華麗花紋也被歲月磨得面目不清，如古老洞穴上年代久遠的壁畫。一見到我們，老奶奶皺紋深刻的臉上，瞬間綻放出一個大大的溫暖微笑，像沙漠中盛開的黃金向日葵，讓我們情不自禁走進店裡。

老奶奶叫作Andrea，是巴格達咖啡的店主，九〇年代，她和丈夫一起買下這間店，至今已在此生活三十年。

本來計畫在這裡吃午餐，Andrea卻說店裡現在沒供餐，於是我們點了一杯黑咖啡。

Andrea拖沓著腳步，慢慢走到吧台後方，舉起咖啡壺，將濃黑色的液體倒入一個小瓷杯中。我們在窗邊座位坐下，陽光穿過灰髒的窗戶，映照在格子花紋的塑膠桌面上，散發著一種夢境般的朦朧光暈。

咖啡上桌時是涼的，入喉濃苦而無香氣，嘗起來有著漫長空等的味道。和旅伴尷尬對望的同時，Andrea拖著步伐走了過來，在我們身邊的沙發座坐下。

近距離觀察她的臉，才發現她的五官端正而精緻，嬌小的鼻尖翹翹的，微笑時露出一排整齊的白牙。她的眼神流瀉著靈動的光彩，照亮了皺紋深鑿的臉蛋，彷彿早晨睡亂的毛毯裡，一顆瑩瑩反射晨光的珍珠。

Andrea問我們來自哪裡、叫什麼名字，聽到台灣，她眼睛一亮，說前幾天才有一個台灣旅客來訪。巴格達咖啡在世界各地皆有影迷，尤其法國人更占了一半以上，生意好時，旅客一卡車一卡車的來，店裡店外熱熱鬧鬧，但也有像今天下午這樣的時候，冷冷清清，幾個小時見不到幾個人影。

店裡無事，對話閒散而零碎，Andrea眼前的桌上，散放著一小堆粉紅與粉藍色的早餐穀片圈圈。Andrea乾枯的手指懶懶推著那些小圈，一下推到左，一下推到右。她說她已經很久沒出門採買雜貨了，這幾天就給狗吃這些早餐脆片，狗不悅，老是唉聲嘆氣，擺出不理人的態度。

突然，Andrea大夢初醒般，又問了一次我們叫什麼名字。

我們再一次告訴她時，她像初次聽到一樣，燦笑著點了點頭，嘴裡喃喃咀嚼著名字的音節。接著又問我們從哪裡來。我們開始感到有點奇怪，卻還是又回答了一次。

吧台桌上，有一張被摸到發皺的照片，是Andrea與某個女人的合照。相片中的她，一頭金髮吹成嫵媚大器的法拉頭，塗了口紅的嘴咧出大大的笑容，年輕瀟灑，整個人散發著好萊塢黃金年代的氣息。

「旁邊這個人是誰？」我指著照片問。「不知道，她說要跟我合照，我就跟她合照了。」語畢，我們一起哈哈大笑。「這張照片是什麼時候拍的？」我好奇追問。Andrea支吾想了想，然後說，「這應該是兩三年前拍的。」

照片中人氣色紅潤、身形挺拔，應當正值壯年，然而眼前的Andrea卻顫顫巍巍，已是風中殘燭。這張照片，絕對不可能是兩三年前拍的。眼前的Andrea仍溫柔笑著，然而一股綿軟的哀傷卻開始融化我的心臟，如細細的麻醉隨著血液流向全身，使人微微暈眩。

瀰漫室內的惡臭仍清晰立體，並未因時間過去而沒入背景。抬頭一望，好巧不巧，一隻碩大的老鼠從牆角飛竄而過，動作快得只剩一抹灰影。

「妳平常都是自己一個人顧店嗎？」我忍不住問。Andrea點點頭，說她就住在附近的拖車上，早上起床後就直接過來開店。突然一小片陰影拂過她的臉龐，她指著牆上一幅裱了框掛在高處的相片，是一個年輕俊美、散發明星氣質的美男子。「那是我兒子。」Andrea說，「他以前是演員。但他已經走了。」一陣沉默。「我先生兩個月後也走了。」Andrea低語。「這是什麼時候發生的事？」我忍住震驚問道。Andrea想了想，「大概兩個禮拜前吧。」又是一陣沉默。心裡有什麼地方梗塞住了，找不到適當的話語，不想再追問細節。

從那裡離開後，心頭那片悲傷之霧久久不散。旅伴說，店裡那臭味，聞起來像是死老鼠。

後來，我在六十六號公路文化雜誌《ROUTE》上，讀到了Andrea的故事。

一九四〇年代，Andrea在美國公路上誕生，我們遇見她的那會，她八十二歲。

九〇年代，她與丈夫定居洛杉磯，丈夫對鴕鳥飼養產生興趣，兩人於是深入沙漠尋找合適的園區土地。幾番波折，地沒談成，兩人卻在打道回府的路上，發現了一家正在出售的咖啡館。

這家咖啡屋，就是後來的巴格達咖啡。一開始Andrea根本不想買下這家店，她想認真寫作，一圓年輕時當作家的夢想。然而丈夫與兒子看見電影帶來的商機，不斷好說歹說，最後終於說服了她。

Andrea有兩個和不同男人生下的兒子，小兒子Harold Pruett Jr.五歲就踏入電影圈，參與過多部好萊塢電影，也是他，建議父母把店名改為「巴格達」。沒想到二〇〇二年時，小兒子因吸毒過量而死，走時才三十二歲。兒子逝世的兩個月又十三天後，Andrea丈夫突發心臟病，驟然離世。他的屍體就埋在兒子身旁。那是距今二十年前的事了。

一下子頓失兩個至親，那樣的苦痛令人難以想像。Andrea的大兒子見母親形單影隻，曾問過她要不要搬回洛杉磯同住，然而這片荒涼沙漠、這個排外的小社區、這家她曾不情不願接手經營的咖啡館，卻是Andrea與親人最後的生活之地，有太多的回憶、太多的情景難以割捨。為了保存過往雲煙，守住感情遺物，Andrea選擇一個人留下來。

時光滔滔，記憶如細胞更新，不斷老化、剝離、墜落，直到不再新生。記得，是抵抗虛無的逆流划行，我們按下快門，購買一個又一個紀念品，到處簽上自己的名字，渴望碰觸任何形式的傳奇，明知不可行，卻仍一意孤行地想緊緊抓住些什麼。

記憶是曾經熱烈的掌聲。

那天離開巴格達咖啡前，Andrea張開雙手擁抱了我們。她的笑容如奶油般溫軟，或許她忘記了一些事，但沉澱在她靈魂深處的，是一片陽光燦爛的綠洲，否則，她不會在往事散盡後，仍保留著這樣純淨無瑕的笑容。

美國六十六號公路，穿越美國八州，沿路散落奇人異事，鄉野傳奇繁多，激發無數文學與電影靈感，有「母親之路」（Mother Road）的稱號。後來，新的路段逐步取代舊的，六十六號公路在一九八〇年代正式走入歷史。如今舊夢褪去，鉛華洗淨，十一月底的午後，天空高遠湛藍，空氣清新薄脆，離開巴格達咖啡的那個下午，一路上杳無人煙。

賭城風情畫

CIRCUS CIRCUS
The Adventuredome
INDOOR THEME PARK
The MIDWAY
FREE PARKING
FREE CIRCUS ACTS

電影《賭城風情畫》（*Fear and Loathing in Las Vegas*），強尼戴普（Johnny Depp）與班尼西歐迪特洛（Benicio del Toro）分別飾演運動報記者Raoul Duke與隨行律師Dr. Gonzo，兩個瘋漢藉著媒體採訪運動賽事之名，開著敞篷快車，邊嗑藥邊發瘋，從洛杉磯一路殺到拉斯維加斯，沿途以身試法、風捲殘雲，最終報導沒寫成，反而到處搗亂，留下一屁股爛攤子。

他們在賭城潮濕陰暗的房間裡沉淪毒品、挑戰生死之極限，電視上播放著越戰的轟炸、哭嚎與死傷。轉台，回到眼前這個現實，這個扭曲、哀豔、危險且自甘墮落的現實。Duke老是提起「美國夢」三個字，諷刺地說著自己的所作所為，都是為了那美國夢。然而他心底知道，所謂的夢早過了浪尖，退潮到很遠很遠的地分，甚至從來都是一代人自我安慰的偏執幻想。夢褪了色，現實坦露，瘦骨嶙峋，難以直視。

瘋是一種自我保護，而且瘋還要瘋得徹底，否則一不小心，便又無助地跌回那個急欲逃離的煉獄。

Duke和Dr. Gonzo的故事發生在拉斯維加斯，或許也只能發生在拉斯維加斯。這是一個建立在癲狂與幻覺，並且包容各種癲狂與幻覺的城市。

拉斯維加斯在沙漠中拔地而起，夜幕垂落之際，整座城市燈火通明，金溝銀壑光芒閃耀，彷彿海市蜃樓。主動脈大街兩側，一座座巨型賭場飯店如城堡般巍然矗立，金光逼人、霓虹氤氳，威尼斯人酒店、巴黎酒店、百樂宮、金銀島、凱薩宮、熱帶花園……每一間都象徵著一個神奇而華美的時空，彷彿古老殖民者的舊夢重現，也似彼得潘永不長大的Neverland。

樂園裡，時間不復存在，只有連綿無盡、無風無雨的歡樂永晝。外頭是風和日麗的大白天，人們卻走進陰暗的室內天堂，在人造日光下歡欣漫步，只是那光線成色曖昧，不像自然的天光，反而更像一種介於黃昏與清晨之間，瘀青發紫般的，矛盾到令人不禁質疑起現實與虛幻界線的幽冥之光。

到了晚上，街上滿滿滿滿都是人，棕櫚樹搖曳在霓虹光暈中，噴泉水舞直衝天際，炫目快車在街上狂飆，性伴遊廣告在每個角落搔首弄姿。人行道天橋如微血管般，將一個又一個巨大的商城連結起來，手扶梯與電梯二十四小時運作，將人們不斷送往下一個購物消費的地點。

此地一切歌舞昇平、粉亮晶燦，錢潮連著錢潮，欲望堆疊欲望，是一個由淘金狂熱者、黑手黨幫派、現代商業巨頭打造出來的奢靡聖地，也是一個習於搶錢、騙錢、錢滾錢，什麼都死要錢的地方。

下榻《賭城風情畫》兩個主角入住的酒店。

大廳彷彿大型火車站般兵荒馬亂。說著西班牙語的矮胖夫妻，拉著一群孩子鬧哄哄地走過。巨人般高壯的深膚色女子，兩眼眨著扇貝般巨大的假睫毛、耳垂晃著巴掌大的圓圈耳環、踩著超高的高跟鞋，氣勢雄渾地走過；膚色極淺的白種男女用細如蚊蠅的音量交頭接耳，淺色眼珠外頭一圈淡色睫毛眨呀眨，像一朵小小的褪色向日葵；肥胖的小孩奔跑、喊叫、斜躺、席地而坐。空氣裡充滿著漢堡薯條的油耗味、辛辣的大麻氣、廉價濃豔的香水，以及頑固附著在厚重地毯裡的陳年二手菸。總是有人大聲說著話，有人在某處粗聲笑著。混亂，閃光，變形，遊戲機台上的妖豔美女眨著眼睛，噴射出一串串閃閃發亮的金幣。醜陋且奇形怪狀的人、看似光鮮亮麗卻散發著醜惡氣質的人，色相奔馳，白骨褪皮，旅館長廊在鏡像裡朝遠方無限延伸，陰陽不分的鬼魂穿越在時空之中，自己卻渾然不知，依然嬉笑怒罵。

在這裡，你彷彿來到欲望的胃部，被深紅色的溫暖內壁層層包圍，沒有人認識你，沒有人在乎你，「瘋狂」的標準彷彿被訂得很高，在這個失序世界裡，再奇怪的人事物，都怪不過存在本身的奇異。

這便是Duke與Dr.Gonzo的自我放縱之地。敘事者Duke從不談憂鬱，也不談自憐，只是血氣剛強地陳述著那些上刀山下火海的迷幻藥冒險。然而這種雄辯滔滔的語勢，或許蘊藏著最深刻最蝕骨的哀傷。《賭城風情畫》原著作者亨特．斯托克頓．湯普森（Hunter S. Thompson），六十七歲時舉槍自盡。強尼戴普為了滿足多年好友的生前願望，在葬禮上豪擲三百萬美金，將湯普森的骨灰填入一座大砲，啟動機關，噴射天際，綻放成光彩奪目的煙花，轟轟烈烈劃下人生結局。

現實往往不盡人意，沒有一定程度的自我安慰，生活會太艱難。但有一種人，拿掉了所有的假裝，放棄了所有的希望，也聰明到難以被任何說詞給哄騙，他赤裸裸地和世界對衝，全身瘀青流血破皮，於是他必須主動索取某些幻覺，暫時冰敷疼痛的靈魂，在失重中合理化失序。

而拉斯維加斯，便是一個善於提供幻覺的輝煌之城。

早上七點多，酒店一樓的賭場依然昏天暗地，一個男人癱坐在螢光流轉的遊戲機台前，無神的雙眼淤積著徹夜未眠的疲倦，垂在身側的指間夾著一根緩緩燃燒的香菸。不知是機台過於高大，還是反覆的希望與絕望褶皺了他，男人顯得異常矮小脆弱，彷彿下一秒，機台就會像怪獸一般張開大嘴，將他一口吃掉。被擺布得筋疲力盡，然而他走不了，無論如何都走不了。

拉斯維加斯令我焦慮。街上往來的無害人群，突然間像海嘯般威脅著淹沒我，頭痛開始醞釀，肌肉逐漸緊繃，於是我逃回位在二十五樓的飯店房間，吞下一顆止痛藥。

從高樓落地窗往下看，拉斯維加斯沐浴在柔和的晨光中，谷底的俗塵金粉往上飄到一定高度後就無力了，緩緩地墜落，墜落，沉沒到另一場遙遠的人間派對裡。少了近在身側的喧譁與鬧劇，遊樂商城的巨大建築群一半隱遁在陰影中，看起來近乎莊嚴沉靜。

我躺到床上，棉被拉過頭，在神經抽痛之中緩緩陷入睡眠。

做了一個奇怪的夢：

夢見我等待愛人從遠方歸來。

那是一個皮膚黑到發藍的男人。我們心意相通，當他從遠方披星戴月地趕路時，我已能感知到他備受煎熬的內在已經達成決定性的結論。他想自殺，且心意已決，只差最後與我道別。

恐懼麻痺了我的神經。抬頭環視四周，發現自己正置身在一個花團錦簇的美麗莊園，一眾親友聽聞我的愛人即將歸返，準備了一場盛大的歡迎宴會，盛裝打扮齊聚此地。

我在陽光灑落、綠意滿盈的戶外廚房裡，焦躁而辛勤地準備著派對的食物。流理台上是一盆盆飽滿鮮亮的水果，空氣裡有烤甜點的暖香，周身清脆鳥鳴如糖漬櫻桃般多汁可口。

愛人回來了。

他站在我面前，挺拔高大且英俊如舊，只是他一句話也不說，只是直直盯著前方，嘴角一抹了然於心的微笑。胸中湧起的愛意洶湧氾濫，無以收復。我害怕他的消亡，害怕他與我永遠分離，於是我趕著回到廚房去加熱已經做好的食物，專注在那些可愛卻可笑的小點心上，祈禱著人間的饗宴能給他一個留下的理由。然而當我置身在無人的明亮廚房時，卻驚惶發現，時間竟不知何時跳接到四天以後，桌上的食物早已腐敗。我拿起一片披薩嗅聞，一股酸臭氣味灌入鼻腔。我把披薩丟進垃圾桶，焦急尋找還能吃的食物，發現一盤水果蛋糕還沒壞。於是我急匆匆捧著蛋糕來到花園，深怕賓客已散，愛人已去。沒想到，花園仍賓客如雲，且人人微笑著朝我投注目光，歡愉氣氛彷彿一場婚禮。抬頭一看，發現愛人此時站在一大理石階頂端，笑意盈盈凝視著我。

那一瞬間，希望如白光漲滿身體，我一步一步走上階梯，朝著他走去。就在這時，我從夢裡醒了過來。

窗外的拉斯維加斯，是夜色下灑落一地的碎珍珠，反射著城市燈火與瑩瑩月光，遙遠而安靜。頭痛退了，嘴裡黏滯乾渴。起身找水喝。

昏昏沉沉間，現實與思緒重疊，夢喚醒了另一場夢。想起傑克凱魯亞克（Jack Kerouac）在《在路上》（*On the Road*）一書裡，提到他做過的一場怪夢。

他夢見自己置身沙漠之中，一個奇異的阿拉伯人在後頭追趕著他。他死命跑啊跑，卻在快要抵達所謂的「庇護城」時，被那個陌生人逮個正著。事後回想，Jack Kerouac知道夢裡的那個人就是他自己，穿著裹屍布的自己。

他寫道：「人生的荒漠裡，我們都會被某件事、某個人，或者某個鬼魂追逐，抵達天堂門口前，我們一定會被逮到。當然，現在回想，這個人物就是『死亡』；死神會比天堂早一步逮到我們。」

冷水入喉，沖開鬱積的思緒，推開凱魯亞克陰沉壓抑的影子，發燙的雙頰漸漸降溫，但是身體裡一直有某個地方在隱隱作痛，一個不存在的器官，一個觸摸不到的血肉表面，無從醫治，無藥可救。

我餓了。

時間是晚上八點，一樓的賭場一切如舊。穿過擁擠人潮，來到清涼的夜之大街。遊民馱著殼般的破爛行囊，在燈火通明的街上蹣跚而行，沿途乞求好心人士施捨鈔票。一輛黑色卡車從他身旁駛過，車身的LED螢幕上，大剌剌放送著應召女郎的性感肉體。米其林名廚出現在三層樓高的廣告牆上，表情不可一世，彷彿鄙視著你不識好貨的舌頭。夜店門外，打扮時髦的男男女女排成一隊，嘰嘰喳喳討論著世足賽事。心懷不軌之徒成群結黨，在街角守株待兔，耐心等待愚人受騙上鉤。

混亂之中，一個穿著亮片洋裝的孩子映入眼簾。小女孩牽著媽媽的手，腳步輕盈，半走半跳，可愛的圓眼被周遭的驚奇撐大，毫無保留地盡收眼前一切，無所畏懼，視而不見。這是她人生中的黃金時光。

來不及的時候才發現，人生最美好的時刻，是當我們仍然是個孩子，被人保護著，卻不知道自己正被保護著的孩子。

站在闌珊街心的我，已經無法回頭，卻也還未懂得返璞歸真是什麼意思。

櫥窗裡的卡奇那

ON
SINCE
RICHARDSON
TRADING POST
INDIAN
JEWELRY RUGS
PAWN LOANS
PAWN LOANS
RICHARDSON'S

黃昏時分，抵達新墨西哥城鎮蓋洛普（Gallup）。車輪從主街上輕輕滑過，一整排商店都已打烊，黑暗的櫥窗陳列著琳瑯滿目的原住民手工藝品，在夕陽溶溶光線映照下，色彩鮮豔的織毯、陶罐、木雕與各種貴重的綠松石首飾，都閃爍著河底砂金般的暗色塵光。

這個小鎮曾是新墨西哥州一個礦業樞紐，鐵路穿行於此，人車貨物往來頻繁，據說當時發薪水的頭頭姓Gallup，工人們常說「去Gallup那裡領錢」，久而久之，就成了這座城鎮的名字。鐵路如今仍在運行，每隔十幾分鐘就有火車穿越中心，經過時腳下大地隆隆震盪，彷彿遙遠的千軍萬馬奔馳而過。

蓋洛普周遭荒野環伺，與祖尼（Zuni）、納瓦霍（Navajo）等原住民保留地接壤，放眼極望，土黃與磚紅交融的天地間，台地與深谷縱橫交錯，其間點綴著孤峰峭壁，乾燥的風吹拂成片的荒漠蒿與焰紅花朵，荒荒煙塵間，彷彿隨時會冒出風塵僕僕的幽靈隊伍。

El Rancho Hotel的旅店招牌燈在暮色裡無聲閃爍，幾公里外就能看見這團妖妖異光。

夜晚的飯店大廳寬敞而空蕩，只有一盞霓虹燈在櫃檯後方呆滯地亮著。等待櫃檯接待員的空檔，忍不住好奇張望這間宛如巨型紀念品博物館的地方。El Rancho Hotel是蓋洛普最出名的旅館，過去曾接待許多到這附近拍西部片的好萊塢電影明星，不僅房間以名人來命名，深色的木牆上還掛滿了名流雅士的照片，凱瑟琳赫本（Katharine Hepburn）、約翰・韋恩（John Wayne）等人都身在其中，不老容顏仍舊對著畫外之人擠眉弄眼。

與好萊塢星光並置展示的，是大量的原住民手工藝品。大廳的玻璃櫃中，靜靜躺著不知是真是假的珠寶項鍊，多半要價不菲。聽聞種族隔離時期，這間旅館曾拒絕原住民入住，如今卻大大方方近乎驕傲地展示著這些原住民文化產物。想起過去美國政府對原住民族一系列的強制遷徙與清洗，再看如今眼前那些價格嚇人的原住民商品，「祖尼」、「納瓦霍」等辭彙扁平化為行銷術語，並觀察到原住民工藝品市場中的買方賣方，無論財力還是地位都存在著的懸殊差異，不禁令人思考風水輪流轉後，「多元價值」的口號究竟多少出於真心，多少只不過是政經利益的工具。

鎮上餐廳一家接一家打烊後，夜色就壓了下來。冷清的街道上，不時出現背著大小行囊的流浪者，有的低頭疾走，神情閉鎖在一片愁雲慘霧中，有的焦慮張望，彷彿暗待著某個機運憑空出現。

與旅伴散步到一座小廣場，街燈照亮一整面空曠的牆，一個年輕的流浪漢正坐在地上低頭作畫，身邊散放著幾罐顏料、礦泉水與塑膠袋。我們來來回回經過幾次，都見到男人一動也不動地待在原地，心裡漸漸產生好奇，於是鼓起勇氣靠近，看看他在畫些什麼。

男人起初害羞遲疑，試探幾句後，發現我們只是想要閒聊，於是他給我們看他正在創作的圖畫。畫紙上，是亮藍與亮黃兩色組成的「God Bless」油彩字樣，風格渾厚勁爽，很有街頭塗鴉的調調。男人說，這是他要送給小妹的生日禮物，但他已經很久沒回家，也不知道下一次回家是什麼時候。我問他為什麼不知道，他只淡淡地說，家裡人不想見到他。

「你們想看我最近發現的一個祕密嗎？」突然他話鋒一轉。男人身形高大，說話的聲音卻很輕巧，像害怕驚擾了什麼似的。

「好啊。」我們跟著他站起身。

男人領著我們穿越夜晚的鎮中心。這座鎮上，到處都是色彩鮮豔的壁畫，有的描繪原住民族的傳統生活，有的重現重大歷史事件，還有很多歌頌戰爭及宣揚愛國情操的圖畫。

曾有人說蓋洛普是「美國最有愛國精神的小鎮」（Most Patriotic Small Town in America），這個說法並非空穴來風。

蓋洛普作為一個礦業重鎮，過去吸引了很多移民來討生活。這些移民從四面八方而來，一代傳一代落地生根，然而無論時間過去多久，被視為「他者」的人們，仍不斷對抗著被主流文化排擠、忽略與吞噬的威脅。

一戰二戰、越戰韓戰與波灣戰爭時期，許多住在蓋洛普一帶的人們參軍報效，其中不乏許多移民後代與來自保留地的原住民。保留地上的經濟與教育資源有限，對許多人來說，從軍便成了一個謀求生路、融入主流社會的出路。他們從相對閉鎖的家園前往遙遠陌生的國度，有的戰死他鄉，有的平安歸來，然而歸國後，階級不一定翻轉，生活不一定更好，為誰而戰，為何而戰，一直都是難以清楚回答的問題。

男人帶我們來到蓋洛普的法院廣場。

廣場中央，立著兩根細長的石柱，尖端拱著一面圓形的反光物，地上刻著一圈又一圈的線條。

他到底要給我們看什麼呢？

男人若有所思地來回走位，嘴裡呢呢喃喃地計算著什麼，那樣子彷彿在召喚什麼失傳的儀式。我們在旁邊等了一會，最後他終於神祕兮兮用手指了指石柱，又指了指地上線條的不同位置，告訴我們一年四季，日夜最長和最短的時候，陽光會透過圓形鏡面的折射，落在地上的哪些定點上。

光說還不夠，男人直接躺到冰涼的地板上，在夜空下閉上雙眼，表情靜謐，旁若無人，月光彷彿幻化為一雙溫柔的手，正輕輕摩挲著他的臉頰，安撫他的靈魂。

原來這是一個日晷。其實早在第一眼見到時，就大概猜出了那是什麼東西，因為我曾在網路上看過各種日晷的照片。然而男人理解的方式比我迂迴，卻也矛盾地更直接。他說自己長日無事，天天在鎮上走來走去，花了大把時間觀察光影變化。春去冬來，漸漸的，他靠自己的親身經驗與觀察，發現了這個所謂的「祕密」。

懸疑揭曉後，突然不知道要做什麼了。男人從地上爬起來，表情有點尷尬，然後他揮揮手說了再見，背著大包小包，扛著那幅送給妹妹的圖畫，轉身緩緩走遠。

四周又只剩下我們。

晚上十點，整個小鎮似乎已陷入沉睡。我們決定慢慢往飯店方向走回去，途中經過廣場旁一整排發光的展示柱，靠近細看，才發現上頭密密麻麻寫滿了退伍軍人的名字。那些曾在槍林彈雨中拋頭顱灑熱血的肉身，如今化為柱上的點點小字，如一陣急雨細密散落在煙硝之海，觸到海面隨即啞然消失。

突然瞄到不遠處，一個全身黑衣的矮小男人朝我們走來。他揹著一個小包，臉消失在連帽上衣的陰影裡，走路的步伐癲狂而急躁。待他走近，才在街燈照射下看清他的模樣——是個臉盤寬大、鼻子扁塌的男人，臉上布滿坑坑洞洞的痘疤，一雙小而深陷的眼睛閃爍著奇異的精光，全身上下浸透著一股濃重而辛辣的酒精氣息。

男人經過我們身邊，往前走沒幾步，突然又急急折返回來。來到蓋洛普前，我曾做過一點研究，知道酒精成癮是這座城市的慢性病，酒精問題、車禍酒駕、犯罪事件等層出不窮，背後牽扯到相當複雜的族群衝突、貧富差異與歷史問題。看著那陌生男人朝我們步步進逼，我感到每根神經都緊繃起來，正準備要轉身逃跑，沒想到那男人在幾步遠的地方停下了腳步，朝旁邊一個發光的柱子指過去，說：「我爺爺的名字在那上面喔。」

男人的語氣溫柔友善，近乎羞怯。我愣愣地盯著那行小小的字，「我覺得很驕傲。」他說。

男人像個終於找到玩伴的孩子，興致高昂，不斷拉著我們東聊西扯。他說他來自附近的原住民保留區，到蓋洛普找工作，原本在一個建築工地找到差事，沒想到這幾天一直下雨，施工延期，他只好住在工頭為他租的Motel房間，一邊等待復工通知，一邊在旅館房間雕刻要賣給盤商的手工木雕。

男子嘩啦啦自顧自說著話，說起家，說起從軍的爺爺，說起與他不合的妻子，還有他獨自住在某個鎮上的兒子。當他談起家人，表情摻雜著喜悅與羞恥，像是想要放開來炫耀，卻又害怕說太多會不小心暴露些不可見光的什麼。聊到最後，男人才黯然坦白，說自己因為酒癮問題被家人趕了出來，父母妻兒沒一個人想要理他。於是他日日夜夜獨自在這城裡走來走去，無聊到快要發瘋。

男人似乎很開心找到了陪伴，神采飛揚、話語滔滔，甚至邀請我們去他的Motel看他正在雕刻的「卡奇那」（Kachina）木偶。在許多北美洲原住民文化中，「卡奇那」是非常重要的信仰媒介，祂們代表了自然界裡各式各樣的存在，有的頭上插著華麗的羽毛，有的細細繪上了精緻的彩色線條，姿態樣貌千變萬化，呼應著多達上百種的古老神靈。在這樣的世界觀裡，世界是活生生的，人們相信透過跳舞、佩戴面具等儀式，能夠神靈附體，與自然溝通，體驗天人合一的強大與神祕。

男人殷切地邀請我們去看他的卡奇那，然而或許是舟車勞頓，又或許是吹了一整晚冷風的關係，我能感到偏頭痛似乎快要發作，於是婉拒了他的熱情。

道別前，我們開車載男人回他下榻的地方。男人住在一間叫作「黃金沙漠」的Motel。那是一棟兩層樓的低矮建築，牆壁漆成瘀青般的紫色，有人在房門外拉了曬衣繩，上頭掛著幾件洗皺的毛巾。幾個衣著邋遢、面容憔悴的男女坐在門廊前的白色塑膠椅上，眼神無光地抽菸乘涼，月光朦朧，四周散發著一種散漫而破敗的氣息。

男人道謝後下了車。關上旅館房門前，他從門縫繼續看著我們，眼裡充滿難以解讀的強烈失落。我們在擋風玻璃後向他揮揮手，然後倒車離去。

在那一瞥中，我看見男人身後的昏暗陋室裡，那些卡奇那半成品靜置在桌上，面目模糊，尚未成形。彩色的羽毛、畫筆與布料散落四處，意念朦朧，遠方的光好似源自太陽，實則發散自蒼白的日光燈管，現實薄脆，神靈混沌的夢境還未全醒，屋裡卻不知何時下起了點點細雨。

回到旅館吞了止痛藥，昏睡整整一夜。

醒來時窗外天光燦爛，繁忙的車流與市聲刷新了這座城市，昨晚的荒涼彷彿不曾存在。

面向鐵路的一整排商店開門了，火車駛過的巨響朝氣蓬勃，餐廳門口人來人往，陽光曬暖了前夜寒涼的街道。我們來到一間展示原住民歷史的藝廊，裡面陳列著豐富的史料，記錄了漫長的抗爭、不同世界觀的齟齬及消長，樁樁件件，交叉成繁複的時間之毯，如今仍持續編織下去。

想起一八五二年時，美國政府為了買地而寫信給一位西雅圖酋長，當時酋長是這麼回信的：

「在華盛頓的總統寫信給我，他表達要買我們土地的意願。但是，你怎麼能夠買賣天空？買賣大地？這種概念對我們而言是很陌生的。我們並不擁有空氣的清新，也不擁有流水的亮麗。因此，你怎麼能購買他們呢？（中略）這是我們已知的：人類並不擁有大地，人類屬於大地。就像所有人類體內都流著鮮血，所有的生物都密不可分。人類並不自己編織生命之網，人類只是碰巧擱淺在生命之網內（下略）。」

回過神來，一名年輕的祖尼族女子正熱心為我們講解，她說再過幾天，附近的祖尼社區將舉辦一場盛大的慶典，到時將有舞蹈、美食與連夜的歡聲笑語。

臨走之前，女子提醒我們記得拿門口的免費明信片。

從藝廊出來後，正要上車繼續接下來的旅程，此時一個熟悉的身影經過，竟是昨晚帶我們去看日晷的男人。他穿著和昨天一樣的衣服，手上仍扛著大包小包與那幅要送給妹妹的圖畫。見到我們，他露出了害羞的神色，揮一揮手，便過了馬路，頭也不回地走遠。

今天和昨天一樣，他有大把大把的時間。

車流很快掩蓋了他的背影。火車從遠方轟轟駛來，卡奇那們在沿街商店的櫥窗裡立定，紅綠燈在十字路口變燈。某些事物醒了又睡，睡了又醒。

二十九棕櫚公路

二十九棕櫚公路（Twentynine Palms Highway）像條細長的沙漠小蛇，慵懶匍匐在一望無際的淡黃色荒野中。沿路上，形貌怪異的植物點綴大地，每隔一段距離，路旁便出現由廢棄物組裝而成的大型藝術裝置，造型詭奇，無人看管。行駛在這條蜿蜒路上，彷彿置身某個異星幻境的航道，舉目所見皆是令人費解的陌生。

沿著此路一直往西開去，就會抵達位在南加州莫哈韋沙漠（Mojave Desert）的小鎮約書亞樹（Joshua Tree）。約書亞樹是城鎮的名字，也是一種盛產於此地的植物，但約書亞樹並不是樹，而是龍舌蘭（Agave）的一種，這種植物長得怪誕，身形粗矮，分枝如仙人掌般粗壯，以一種扭曲的走勢哆哆嗦嗦往天空延伸而去，頂端密集而尖的葉片朝四面八方輻射，葉片細長且鋒利如刀，遠看令人聯想到榴槤。

約書亞樹國家公園（Joshua Tree National Park）離鎮中心不遠，幅員廣大的園區裡頭，長了滿坑滿谷的奇花異草，嶙峋的花崗岩和石灰岩巍然聳立，有的小如人車，有的高如大廈，奇樹如海包圍著巨岩，巨岩如島漂浮於樹海之間，到了夕陽時分，金黃光線浸透大地，整個國家公園顯得古老而空曠，彷彿來到了上古生物漫步的年代。

此地千岩競秀，吸引了世界各地不少攀岩好手，很多人一待就是十天半月，白天帶著裝備到處探險攀岩，晚上就到附近的絲蘭谷鎮（Yucca Valley）或二十九棕櫚鎮（Twentynine Palms）喝杯小酒，或是留在入夜後的國家公園裡，在露營車旁與三五好友依偎，遠離人間煙火，在漆黑與闃寂中，觀賞璀璨異常、彷彿一盒在眼前掀蓋的珠寶盒星空。

和大部分美國城鎮一樣，晚上七八點以後，小鎮就變得荒涼。公路邊，印度餐廳的招牌燈箱在藍絲絨夜幕下熒熒發光，店內人客卻寥寥無幾，日光燈只開了幾盞，一半的房間隱沒在暗影之中。

當晚過夜的Motel就在印度餐館隔壁，名字取得相當就事論事，就叫High Desert Motel。隔壁住了一大家子，父母帶著五個小孩，一群人進進出出，每個人都面色陰沉，就連小孩都啟人疑竇地乖巧安靜，近乎萎靡無力。月明星稀的夜晚，睡不著覺，去外頭散步，發現Motel後方有個小小的長方形泳池，周圍用鐵絲網圍了起來，網上掛了一個牌子，寫著令人啼笑皆非的警告：「近兩個星期內肚子痛者，請不要下水。」不禁好奇這座游泳池曾經發生過什麼可怕的事？

白天的約書亞樹小鎮平和、明亮，有一種淺粉色的歡快感。看著打扮時髦的男女在十一月底的南加州豔陽下悠閒漫步，想起一個星期前，我們還在美國內陸深處那冰天雪地、沉悶憂鬱的新墨西哥州，對比眼前的明媚光景，恍如隔世。

喝了早晨第一杯咖啡，開車在附近閒逛。

沙漠空無，空無代表著無界之地，代表了自由發揮，似乎因此更容易吸引到一些偏執而血性之人，在此無中生有，活出自我。

鎮中心聚集了幾家咖啡廳、文青小店與沙龍藝廊。一家叫作Beauty Bubble的美髮店兼私人博物館裡，密密麻麻擺滿了上千種懷舊的美髮古董與玩具。老闆Jeff Hafler十九歲踏入美容產業，入行三十多年來，蒐集了各式各樣鮮豔俗麗、戲謔可愛的什物，例如馬卡龍色的老式吹風機、花紋華麗的美容椅、一九三〇年代的美容小誌等。收藏以外，Hafler也創作，他用彩色髮捲與髮夾，在假人頭上變幻出誇張華麗的髮型，濃妝淡抹、繽紛綺麗，和他經營的這間浮誇小店一樣，大肆慶祝著愛慕虛榮的無限歡愉。

離鎮中心稍遠處，有個叫作沙漠基督公園（Desert Christ Park）的地方。曾經有個名叫Antone Martin的雕塑家發了大願，要在大峽谷（Grand Canyon）峭壁邊立一座高達三公尺多的耶穌雕像，歌頌全人類世界和平，沒想到最後卻慘遭回絕，那座雕像於是被戲稱為「The Unwanted Christ」，後來幾經輾轉，才落腳到約書亞樹附近的這片山丘上。

園區裡立著十幾尊高大雪白的《聖經》人物，那些塑像各自搬演著《聖經》故事裡的經典場景，有些一字排開彷彿正在聆聽教誨，有些團團相抱好似在聊天說笑，石膏白的臉孔五官模糊，動作凝結在某個不明時空，即便四周藍天白雲，仍透出一股輕盈的詭異感。

然而在約書亞樹的一眾怪奇中，最令我印象深刻的，是藝術家Noah Purifoy的露天沙漠藝術博物館（Outdoor Desert Art Museum）。Noah Purifoy在一九六、七〇年代，曾引領加州黑人藝術運動，當時種族歧視嚴重，白人社區排斥黑人家庭，有色人種光是找一個安身立命之地都是難上加難。一九六五年八月，洛杉磯一個叫Marquette Frye的黑人青年因酒駕被捕，過程中爆發肢體衝突，長年積怨一觸即發，最後竟演變成長達近一周、死傷無數的大規模暴動。警方出動大量警力鎮壓，人民從街上拔起磚頭石塊回砸，社區陷入一片混亂，商店被洗劫破壞，事物焚燒碎裂，長年以來的歧視壓迫與溝通無效如今化為熊熊怒火，一發不可收拾。

Noah Purifoy站在門口，看著兵荒馬亂橫掃大街，日常軌道分崩離析。他走到街上，開始到處撿拾暴動遺落的殘骸、碎片與垃圾，在後來的一段時間中，他和其他幾個藝術家齊心協力，用這些撿來的零碎物件組裝出數十件藝術品，在毀滅的餘波中組建起新的敘事，而這種廢物拼貼而成的集合藝術（Assemblage Art），後來也成為Noah Purifoy的標誌。

後來，在朋友慫恿下，Noah Purifoy從大都市搬到了約書亞樹。一開始他並不習慣沙漠的荒涼，後來卻漸漸愛上荒野特有的一種靜。人生最後十幾年，Noah Purifoy在一片露天沙地上，用生鏽的金屬、輪胎、近乎腐爛的破布、大量的馬桶、面容磨損的人形模特兒、年代久遠的電視機等舊物，組裝了一件又一件奇妙而荒誕的藝術品。

走進一間用廢棄零件蓋成的小屋，牆邊擺著一張破爛軟床，床前有台蒙塵的電視，破布從四面八方垂掛下來，天光從屋頂裂縫灑落，照亮了陰暗空間裡的塵埃。眼前景象，陳舊中藏著前衛，尋常中透著古怪，熟悉的事物因不符常理的拼貼與擺置而變得意義不明，突然間，你被拋出當下的時空脈絡之外，不知道自己究竟身處一個遠古時代的破爛小屋，還是身在末日浩劫後的異星殖民地。

Noah Purifoy將人的故事從物件上剝離，它們開始呼吸吐納屬於自己的生命。

「物」自有它們的命運與旅途，我們不過都是暫時擁有。當那些物件與我們分離，繼續它們接下來的流浪之路，原本被人賦予的私人意義便在遺忘中消散，曾經擁有的功能也逐漸褪色消融，並在不斷回收與轉化的過程當中，變得面目全非。只不過這後面長長的，或許綿延到無盡或無盡以後的故事，我們多半不會知曉。

那是一種荒，並非地理上的荒，而是精神上的荒。原有的意義剝離，約定俗成的象徵失效。當你走進那荒之中，便深入了未知的境地，觸碰到真實怵目的巨亮，那不可思議的亮，令人心生敬畏，而這敬畏也並非宗教性的，而是一個心靈的拓荒者遠離所有熟悉事物後，在深邃難解、知識崩潰的遙遠境地之中，所體驗到的一種絕對孤獨的荒。

那荒是無法回頭的。自此之後，事事物物，都染上了荒的顏色。沙漠是荒，野獸是荒，宇宙是荒。咖啡是荒，愛人的體溫是荒，綜藝節目是荒。而拾荒有時是愛的一種表現，裡面含著對萬物的一視同仁，對棄毀之物的憐憫之心。殘骸起死回生，彷彿所有失落的都有了希望。

Noah Purifoy八十六歲時，在一場火災中喪生，被發現時渾身燒傷，據說他在抽菸的時候睡著了。

又天黑了。整個沙漠陷入黑暗，氣溫驟降，二十九棕櫚公路上，人間燈火點點亮起。

在荒野打滾了一整天，回到人類文明之地，總有鬆了一口氣的感覺。來到一家叫作「沙漠廚房」的餐酒館。室內點滿蠟燭，陰影在火光中跳動，暗色琥珀的光線下，人生切片在窸窣碎語間交換，細水般的聲響偶爾漲潮，而後又潛入伏流復歸平靜。酒保舉著噴槍焚燒香草，白色煙霧在玻璃杯中舒展筋骨，蜂蜜與木頭的薰香味四溢橫流。

一個陶醉的氣氛在空氣中蕩漾開來，潮濕，顫抖，脆弱。微不足道的時刻，瑣瑣碎碎的絮叨，色相飛逝，濃豔旖旎，朦朦朧朧，糊成一片，如同記憶，消磨到最後，僅僅只剩下一種感覺。

外頭，仍是那片廣大深沉的南加州沙漠。荒野一直沒有離開過。那些微小如苦澀酒精、劈啪火光與零星碎語的事物因而顯得易碎且珍貴，那都是旅途上一路撿拾而來的殘磚碎瓦，堆疊成漫長人生的集合創作。有時亂如違章，有時整齊妥貼，最終，也都成了獨一無二的奇觀。

白色沙漠

二〇一九年新冠爆發前夕，新聞開始出現零星病例報導，當時許多人都沒料到一場改變世界的大疫即將襲來，J便是在這個風雨欲來的時間點來到台灣。

在此之前，J在英國的生活走到了一個死胡同。英國脫歐議題震盪社會，對政府的不信任滲透日常生活的孔隙，潛伏成如影隨形的惶惑懷疑。女友暗示著結婚生子背房貸，他卻對兩人間長年避而不談的根本差異感到不安。一眾友人年紀跨過三十，一部分邁入家庭生活，一部分仍醉生夢死。生活的現實與無奈磨損了曾經的年輕氣盛，不好也不壞的日子，似乎已是最好的可能。

如此種種，彷彿一條隱形的頸鏈，緊緊地圈住咽喉，愈縮愈緊，愈縮愈緊。

他決定放一個長假，到一個遙遠的地方。一個陽光明媚，有著開闊山海，可以攀岩可以衝浪，能夠暫時忘卻人生桎梏的地方。

於是J來到了台灣。大疫不久後進入高峰，死亡人數不斷攀升，各國封閉國界，英國隨之頒布居家隔離政策。J在視訊通話框裡的英國親友，一個個看起來都愁雲慘霧，有人被逼出憂鬱，有人學會苦中作樂。相較之下，台灣的生活顯得彈性許多，再加上後來J與我相識進而交往，於是原本計畫的半年假期，就這麼無限期延長了下去。

疫情之下，跨國旅遊種種不便，兩年在不知不覺中悄悄流逝。這段期間發生了很多說大不大，說小不小的事情。J纏綿病榻的一位家族友人過世，前女友踏入了一段新的戀情，童年玩伴的第一個孩子出生，幾個好友離開家鄉，到新的城市新的國家尋覓新的可能。

發生在遠方的這一切，J都是從視訊通話與手機簡訊裡拼湊而知。

聖誕節的時候，我興沖沖找了家好餐廳，訂了位，特別打扮了一番。沒想到吃飯那晚，面對滿桌盛宴，J卻顯得悶悶不樂，叉子在盤子上有氣無力滑移著，幾乎食不下嚥。一開始我覺得失望，但很快我就認知到，J的意興闌珊其實與我無關。對我來說，聖誕節不過是個有正當理由大吃大喝的日子，但對J來說，那卻是與家人相聚、重溫家族傳統的重要時光。再精緻的餐廳、再美味的食物，都比不上全家齊聚令人快樂滿足。

從餐廳回家後，J迫不及待打開電腦，撥了視訊給遠在英國的親人。螢幕上，J的父母弟妹分別出現在不同的視窗格子裡，長期四散各地的家人，終於在虛擬聊天室裡團聚。氣氛很快熱絡起來，螢幕前吃飯的吃飯，乾杯的乾杯，興高采烈玩著多人線上遊戲，幾個小時笑聲不斷。

視訊結束時，台灣已近深夜，方才的歡聲笑語還殘留耳際，彷彿派對結束後還飄浮在天花板上的彩色氣球，不久後將被戳破洩氣。

疫情稍歇，防疫規定放寬時，J終於飛回英國與家人重聚，一待就是一個月。雖然只是一個月，但回到台灣時，J卻如充了電般神采飛揚。他在英國拍了很多照片，其中一張J爸穿著深色浴袍，坐在餐桌上吃著早餐。另一張J與父母在林中雪地散步，臉凍得紅紅的，嘴角凝結著微笑。還有一張是J朋友女兒的獨照，小女孩在疫情期間出生，眨眼就從小嬰兒長成會說話的小小人。

J花了很長時間整理這些照片，一張一張收在專屬檔案夾裡，妥貼地收好放好後，工作照舊，生活照舊，日子繼續過下去。

疫情最嚴重的那兩年，時間彷彿一個封閉的繭，將我層層圍困在窒息的束縛中。又彷彿是不得不讓人閉關似的，那兩年，母親重病休養，祖父去世，家中生意收攤，自己的健康出了些狀況，與上一任情人的藕斷絲連也終於走到終點。一樁接著一樁，電視上天人永隔的聲嘶力竭漸漸變得抽象，生活裡大大小小的磕碰曲折反而切膚真實。有時甚至覺得長時間的離群索居是件好事，至少能光明正大窩著藏著不去面對世界，且不必給出任何得體解釋。

我與J在大疫之初相識，總覺得是一種特殊的緣分。剛開始，我們並未嚴肅定義這份關係，只是順其自然互相陪伴。然而疫情下的相處，總有一種共患難的味道，有時半夜躺在床上聊天，聊著聊著就清晨四五點了，窗外的城市那麼安靜，街燈下的馬路如此空蕩，一瞬間感到我們彷彿是地球上僅剩的最後幾人，彼此的體溫在縹緲之中更顯踏實。

我們在低潮擺渡，在密閉之中屏氣凝神，小心翼翼小口呼吸，等待著雲開風清的日子。

一段時日後，疫苗逐漸普及，各國政策修改，人心浮動，積壓已久的鬱悶急需出口，破蛹而出的渴望再也難以抑制，解封之日的到來勢不可擋。在防疫規定逐步開放之際，我得到一個去美國駐村寫作的機會。這是兩年以來，頭一次劃破縛身之繭，從幾坪大的逼仄與封閉之中走出去。J與我說好，在駐村結束後到美國會合，兩人一起開車探索廣大的美國西部，好好舒展禁錮兩年的筋骨。不知從哪跳出一個想法，我問J要不要邀請他的父母到美國與我們相聚幾天。J眼睛亮了起來，馬上將這點子告訴他們。不過幾天時間，整個計畫就拍板定案，所有人都為這場旅行興奮不已。

幾個月後，重逢之日終於到來，那天下午我與J在街邊等著，不久後一台銀色車子從遠方緩緩駛來，在我們前面停下。J的父母打開車門走出，一時間又是親吻，又是擁抱，眼裡閃爍著異地重逢的興奮與激動。

接下來那幾日，J爸開車載我們到處走走逛逛，吃美食、看展覽、爬小山，白日忙碌，晚上回到Airbnb，吃J媽煮的晚餐，聚在餐桌邊天南地北閒聊。

一晚，他們聊起了不久前過世的家族友人。女人五十多歲罹患重病，癌細胞轉移到眼球，為了保命摘了一邊眼睛，沒想到還是太晚。死前那一段時間，女人與丈夫夜夜長談，說了些什麼外人並不清楚，只知道必是深情徹骨之語。我們不約而同安靜下來，J與父母交換了眼神，突然間眼眶都紅了。「別指望遺產，我和你爸會把錢花光！」J媽半開玩笑地說，我們也笑了起來，然而胸口卻彷彿被人用力擰過般，隱隱發疼。

那一晚我們早早上床，為明日前往白沙國家公園（White Sands National Park）做準備。白沙國家公園靠近美墨邊界，整片沙漠由成片純白色的沙丘組成，如夢似幻，彷彿仙境。從我們所在的聖塔菲開車過去，單程要四小時，來回將近八小時，相當考驗開車之人的體力。我們用超市買來的食材做了三明治，在後車廂塞滿零食與水，手機排好長途音樂歌單，一切就緒。

早上八點半，陽光爽朗，我們開車出發，在藍天白雲陪伴下一路向南。

沿途自然風光極美，荒漠朝四面八方延伸而去，遠方的高山氤氳在淡紫色的霧氣中，沉默而嚴峻地照看著眼前這片大地。一路上經過幾個城鎮，規模都不大。車輛來往迅速的路邊，立著許多外觀破落的小屋，門前掛著「出售」的標誌。荒郊野外，只有幾家Motel附設的餐館稍有人煙，窗前的OPEN霓虹招牌一閃一閃，其餘多半是空曠無奇的飛沙走石。

抵達白沙國家公園。車子沿著指定道路深入園區，一路上焦黃色的土丘漸漸褪色成純白的沙丘，直到世界終於被全然的白給淹沒。

一隻黑鳥從空中滑翔而下，像個神祕符號般靜止於沙丘，幾秒後又往寂靜的遠方飛去。

白色沙漠幅員廣大，小小的人與車在其間移動，聲響被沙丘給吸收，四周顯得十分安靜。兩億多年前，這一帶曾是一片淺海。時間緩緩推移，滄海桑田，板塊位移，富含石膏晶體的水不斷蒸發、沉積、風化，最終在這碗巨大盆地裡，裝滿了純白無瑕的復瓣丘陵。

陽光下，沙子閃著細緻而刺眼的晶亮，看起來幾乎像白雪。這些沙其實不是白色，而是透明，只因彼此不斷碰撞，摩擦面反射陽光，才呈現出一片乳白。腳趾深深陷入冰涼的沙中，足踝如牛奶雪花冰般舒服融化，聽說就算是夏天來到此處，依然可以赤足在沙丘上自由嬉戲，因為這片沙是由細緻的石膏晶體而非二氧化矽組成，轉化的陽光能量較低，因此終年維持著不燙腳的宜人。

我脫下鞋襪，放在一株姿態妖豔的皂樹絲蘭（Soaptree Yucca）旁，在心裡請它暫時代為保管。風吹沙走，一層稀薄宛如舞台乾冰的沙子，貼著沙面靜默泉湧而下，留下漣漪般的輕柔紋路。

赤腳爬上沙丘來到頂端，一瞬間滿眼所見，淨是無限連綿到地平線的白沙，新月形，拋物線，溫柔而優雅的弧度，如午夜燈光下的唇瓣，低聲傾訴著曾經濃烈而今淡薄的激情。世界剩下藍與白兩個顏色，簡單純粹，使其他顏色完全失去了存在的必要。

我們在這片高低起伏的白中漫步，時而相伴而行，時而獨自探索。J媽的膝蓋不好，一個人走在低矮的沙地上，J從一座高聳的白沙脊梁奔下，跑到母親身邊，牽著她的手，兩人一起有說有笑地緩步走上沙丘。

每時每刻，陽光與雲朵互相追逐，光線與陰影在大地上不斷移形。最美的時刻或許是夕陽剛過那會，藍天與白沙彷彿被磨砂紙磨擦過，褪去了正午時分的亮麗，融化為夢幻柔和的粉藍與粉紅。一彎指甲月牙般纖巧的月亮懸在天邊，站在沙丘下仰望，天地幾乎融合為一體。

轉頭一看，見到J與爸媽站在不遠處的丘頂，手搭著肩，頭抵著頭，擁抱在一起。四下寂靜，三人沐浴在柔和的光線中，像小而晶白的方糖塊，幾乎要溶於如水天地。見到此景，想起了父母家人，覺得自己還算幸運，和他們生活在同一個城市，住在騎車不過二十分鐘遠的地方，時不時就碰面吃飯、聊天出遊。跨國戀情有許許多多的難處，即便J從未提起，但我對他的犧牲卻心知肚明。他放棄的，是熟悉而心安的日常，是和老友們創造回憶的機會，是和日漸老去的父母相處的時光。然而J的父母理解孩子終究擁有自己的人生，有自己的快樂與磨難，於是他們連思念也表現得節制與善解人意，能聚的時候便全心全意，分開的時候就無聲牽掛。而此時此刻，他們在彼此的懷抱中，閉著眼睛感受彼此溫暖的鼻息，在一個全然陌生的奇幻異境裡，感受著身為人，身為家人，身為旅人，身為過客，那種種既哀傷卻又甜美的一切。

夕陽時分，其他旅客三三兩兩作伴，站在附近的沙丘上，看著橘黃落日滑入黑夜的懷抱。聽不見他們說話，也看不到他們的表情，但知道他們和我們一樣，正仰頭凝視著眼前的壯美與脆弱，以巨大的尺度物換星移。深深呼吸，深深吐氣，轉頭再看，見到J正跨大步朝我走來，他的父母在他身後微笑，並且只是看著。
有時僅是這麼看著，已是世間最大的溫柔。

荒野雪夜

每隔一段時間，便想著要去旅行。

家，習慣，安全感，雖使人安定穩固，但心裡卻總有蠢蠢欲動的渴望，想扯裂包裹住日常的薄膜，大口呼吸外頭陌生鮮爽的空氣。

三毛說她去撒哈拉，為的是一種前世的鄉愁。這句話困擾我許久，無法理解她說的到底是什麼意思。為什麼不是綠草如茵的山谷、燈紅酒綠的都會、野花遍地的平原，而偏偏是乾燥炎熱、空曠寂寥的沙漠？

沙漠並不那麼宜人。新墨西哥州的首府聖塔菲，就位在一個高地沙漠，抵達的第一個禮拜，我就因輕微的高山症而終日疲倦，走路只消十分鐘便氣喘吁吁。在台灣從來不用乳液的我，在乾旱氣候中卻得日日塗抹，一日疏忽，皮膚便緊繃龜裂，粗糙發痛。房間怎麼掃也掃不乾淨，肉眼看不到的塵埃微粒，不斷不斷地貼地滾動進來，腳踩在上面發出細微的沙沙聲響，鼻子眼睛也總是發癢。

鍾情新墨西哥州，並在聖塔菲老死的藝術家喬治亞．歐姬芙（Georgia O'Keeffe），在荒涼的沙漠裡創造了許多畫作。我喜歡她畫的動物骨頭。她和三毛一樣，喜歡撿那些遺落在荒地裡的東西，三毛有駱駝頭骨，歐姬芙有牛頭骨。畫面中，那些骨頭潔白、純淨又美麗，有的漂浮在水洗般湛藍的天空中，有的上頭裝飾了一株粉嫩花朵。同行友人見到了很害怕，說白骨讓她想起死亡，但我感受到的卻是全然不同的意象。歐姬芙的動物骨頭，彷彿是會說話的無機物，而且說話聲音很大很響，不探討自己的源頭與去處，只是理所當然地滔滔不絕，振振有詞地評論著萬事萬物，一點也不遲疑害臊，幾乎讓我想起愛麗絲夢遊仙境裡，那隻彷彿嗑嗨了的怪貓。

看歐姬芙畫的白骨，我感到愉悅放鬆，想要發笑。

某天下午在聖塔菲市中心，一家博物館附設的禮品店閒逛。顧店的是一個氣場獨特的老女人，灰白色的長髮紮成一根粗辮子，身上配戴著新墨西哥常見的綠松石珠寶首飾。我側耳聽著她和客人的閒談，顯然她年輕時，和歐姬芙打過幾次照面。輪到我結帳時，我忍不住問了她歐姬芙本人究竟如何？那女人想也不想就說：「Cranky as fuck.（脾氣差到爆）」

似乎不意外呢。我卻想起曾經看過的一張照片。歐姬芙把一個扁扁的動物骨頭舉到一隻眼睛前面，像望遠鏡一樣從中間的洞裡望出去。骨頭成了她的觀景窗，世界套上了彎曲的不規則邊緣。歐姬芙嘴角露出頑皮的微笑，深潭般的眼睛閃爍慧黠的光芒，裡頭藏著永不告人的祕密。我想歐姬芙已經把溫柔都留給生命中最重要的那幾個人、那幾些事了吧。溫柔是很累人的，所以必須斤斤計較，瀟灑褪下所有表演性質，讓它棲息在生活最平凡的角落、最粗糙的縫隙裡。

作家戈馬克・麥卡錫（Cromac McCarthy）也住在聖塔菲。他筆下的荒漠，比三毛和歐姬芙的還要黑暗險惡許多。長篇小說《長路》（*The Road*）裡的世界，美國成了一片焦土，舉目所見皆是末世景象：焚燒的大地、死絕的樹林、有毒的空氣、吃人的人。一對營養不良、步履蹣跚的父子互相扶持，在這煉獄之中蹣跚著漫漫長路。他們一直離死亡很近，但心中一團火卻怎麼也滅不掉。他們一直往前，好不容易抵達了心心念念的海邊，沒想到大海也和所有事物一樣，成了死灰陰鬱的遺骸。他們離開海岸，繼續往別處去。其實他們並不真的需要去什麼地方。其實這世上真的沒有什麼事必須得去做。但他們還是一直走，一直走。到最後你才發現，原來那瘦骨嶙峋、生病咳血的父親，其實骨子裡是一個樂觀之人。他心底存在著某種希望，那希望很有可能是妄想，但他不管。即便他將死，再也無法陪伴兒子走下去，他仍拒絕理性選擇同歸於盡，反而拚命保護兒子，囑咐他把火種傳下去。

父子倆唯一的快樂時光，是在荒郊野外中，意外發現一個儲滿食物與補給品的地窖。即便周遭仍然危險環伺，即使地平線仍那麼的冷漠淡然，然而這一切卻讓眼前得來不易的美好顯得更珍貴甘美。就像費力從尖銳的蟹腳挖出一大截肥美的肉，就像用力敲開果實堅硬的外殼，得到裡頭一丁點芬芳的果仁。面對荒原的無情與無動於衷，希望的另一種說法，有時候不過是釋懷絕望。

一日午後，來到死亡谷（Death Valley）外一個廢棄的鬼鎮。

時值傍晚，夕陽是完美的金黃色，荒廢的小鎮上有一棟無人看顧的木造房屋，大門敞開，走進去才發現原來是個展覽館兼紀念品店。骯髒的玻璃櫃檯上放著一個罐子，買多少東西，就自己投多少錢進去。靠近天花板處，掛著一個龐大的牛頭標本，眼睛像龍眼核般黝黑平滑，喑啞地發著油光。我對那些賣得太貴的紀念品沒有興趣，只專心去讀掛在牆上那些老舊泛黃的簡報。

此地過往的居民，很多都出生在遙遠的他方，某一日突然沒頭沒尾出現在鎮上，然後就決定住了下來。他們開發著自己的一方地，過著自己的一畝生活，死後就埋在這無邊沙漠中的一小抔土中。這座鬼鎮的最後一個住民叫作Seldom Seen Slim，他以採礦維生，在這裡無水無電的住了將近五十年。

他屬於那美國西部「沙漠鼠輩」（Desert Rat）的一分子。他們來無影去無蹤，落腳在世界的邊緣角落，用很少的錢很貧乏的資源就能在嚴酷荒漠中生存下來。他們心中總燃燒著某種由瘋狂欲望支撐的強悍，或許是承諾著讓人一夕致富的礦脈，或許是綠洲沙龍裡的女人香，於是他們像停不下來的機械般，一但啟動就只能一路衝向報廢的那一天。

他們甚至都不再對孤獨與寂寞大驚小怪。就像曾有人問那位Seldom Seen Slim會不會感到孤單？他的回答是：「我？孤單？Hell no! 我可是一半郊狼一半野驢。」

到了沙漠，才知都市人之敏感脆弱，無論幸福還是擔憂都那麼精緻易碎與神經兮兮。然而沙漠究竟代表了什麼？原野有時令人感到窒息。它牽動著你內心深處，某個一直想要逃避的東西，你知道荒野才是對的，你知道它其實才在對你說實話，但你並不那麼想聽，你只想遮住耳朵，捂起眼睛，匆匆忙忙，逃回充塞著大量聲光效果與璀璨喧譁的都市裡，鬆一口氣地終於又忘了一切。

但你始終知道，那不是真的。日常不是所有，習慣不是所有，安全感也不是所有。

旅行到了一定程度，你會突然發現，或許永恆安定的「家」並不真的存在。血緣上的家不一定能提供歸屬感，戀人給予的情感不保證堅不可摧，而地理上的家或許一次天災一場人禍就會消失。但我們卻又那麼一心一意地，信仰著「家」的必須存在，並且需索無度地追尋著「美滿之家」的幻象，然後，再因一次又一次的希望落空與不符期待而失望憤怒悲傷。

有時走在台北街頭，我幻想著那些大街小巷、高樓大廈、紅燈綠燈瞬間消失不見，在盆地裡生活的人們，就在那隱形的點與線之間，照著原訂的日程表繼續移動著，或許探個頭，還能遠遠看到彼此，揮揮手說聲嗨。就像小時候看過的一種精緻音樂盒，木偶在劃好的軌道上滑動，在清脆的水晶音樂中維持著一貫的表情，腳下是日復一日的移動與消磨。

因為這樣，你好像有點懂得了那些被沙漠吸引的人。那些彷彿著了魔似的，朝著看似荒蕪之處走去，甚至還隨遇而安住下來的人。比起精雕細琢的人工物，荒野更貼近童叟無欺的真實。那真實或許不溫柔，卻深邃而踏實，終於終於，你似乎看到了事物原原本本的面貌。你想要投入它的懷抱，想要與它融為一體，並且後知後覺地發現，那荒早就一直住在自己裡面，像個久未想起、意識抗拒著記憶、幾近淡忘的遙遠回憶。

就像，探討三毛的故事是不是真的，並沒有太大的意義。住在她心裡的荒漠，是絕絕對對的存在著。真實與真實的重逢與貼合，以及對那重逢與貼合的無限渴望，或許就是所謂的「鄉愁」吧？

許多美國藝術家的作品，裡裡外外都浸透著曠野特有的寂寥。就像我喜愛的畫家之一Edward Hopper，又如我鍾愛的攝影師Stephen Shore，又或是擅長描寫中產階級生活的小說家John Cheever等等。即便畫的是燈火通明的深夜酒吧，拍攝的是平凡無奇的街景，寫的是尋常人家後院池畔邊的細語，那文明之中內建著荒野的基因，愈是尋常愈是荒謬，看著看著，你首先感到冷淡疏離，再被一種軟化心神的鄉愁攫住。

在沙漠待了一小段時間，就漸漸地習慣了那樣的寂寥。那寂寞摻雜了間歇的恐慌與焦慮，那寂寞同時也穿插著歡快與激昂。

一個晚上，我與同伴開夜車，外頭下著雨，雨絲在車燈照耀下，如斜斜墜落的銀針劃過黑夜的布幕，輕柔無聲。沙漠公路寬敞空曠，直直往前延伸到盡頭。街上一盞路燈都沒有，只有地面的反光片提供微弱的指示，我們漂浮在真空的宇宙某處。大卡車不斷從我們旁邊呼嘯而過，經過時車身也跟著晃動，同伴緊緊抓著方向盤，努力看清雨中的路。我們兩個都是第一次身在這條路上，不熟悉路況，也看不清風景，嘴上雖若無其事聊著天，心裡卻都有點緊張。

兩個多小時後，我們終於回到了住處。

天氣很冷，長途夜車後的我們全身僵硬痠痛。一進入溫暖的室內，同伴就把圍巾拆下丟到沙發上，問我要不要吃點熱的。這才突然意識到我們不僅冷，而且餓。我們打開廚房的燈，拉開冰箱門，把能用的東西全都拿出來，不到二十分鐘，就變出了一桌的菜。

在桌邊享用熱食，異地雨夜開車的緊張，隨著熱湯的煙緩緩蒸散掉了。後來我們才知道，那晚我們行駛的公路兩側，到處都是壯觀巍峨的巨岩和峽谷，它們藏起了白日的鋒利與抖擻，隱沒在夜晚完全的闃黑之中，彷彿物換星移的隱身術，空無裡蘊藏著有形，原來黑，並不全然是黑。

回到當下，室內溫暖而乾燥，眼前的窗戶裡映照出我們的倒影。再往窗的深處凝視，才發現外頭竟然開始下雪了。

窗外的荒野雪夜裡，窸窸窣窣，形影飄移，好多細微的聲音，裡面有等待，有凋落，有迸生。荒是空無的，也是寂靜的；荒是飽滿的，也是歡愉的。

後記　美國西部之旅

晚上八點，從美國洛杉磯飛抵台北，一走出機艙，熟悉的潮濕氣息便迎面撲來。回到久違三個月的家，一切如舊，只是又好像有些不一樣，例如，我忘了公寓地板長什麼模樣，也感覺自己的房間比印象中還要小，也突然覺得台北的街道好窄，房子與房子之間的距離好擠好近，水氣無孔不入地滲進微小的牆縫和物件的氣孔，天地之間充滿了細小的流水聲，發霉與腐敗在冬日安靜的細雨中，無時無刻地發生著。

在這之前，美國的駐村結束以後，我和伴侶J踏上了為期兩周的公路旅行。從新墨西哥州，一路往西，橫跨亞利桑那、內華達，最後來到加州，從封閉的沙漠內陸，迂迂迴迴開了將近兩千英里，最後止於洛杉磯開闊的太平洋。

從豔陽高照的夏末，來到白雪及踝的初冬。旅行前買的登山靴，在旅程結尾已經覆滿了塵土，深棕色變成了淺棕色，而帆布袋裡一路相隨的筆記本，也從原本的嶄新白淨，變得飽經風霜，在移動的火車或Diner凌亂的杯盤邊寫下的字字句句、隨手畫的插圖，以及在街上電線桿與牆壁陸續摳下搜集的貼紙，讓筆記變成厚厚的一本，就像長滿了粗繭一般。

因為不熟悉美國夜晚的路況，我們總是在白日午後趕路，在車上看了好幾天的夕陽。美國的公路很長很寬，景觀特別美的地方，路旁會好心立著一個「Scenic Route」的標誌。記得感恩節前夕的周末傍晚，我們正朝著Las Vegas市中心駛去，公路前方就是壯觀的Mojave沙漠，在夕陽的照射下，層層沙丘宛如沐浴在橘紅色的沙塵暴中，蘊含著毀滅卻又寂靜的美麗。襯著這樣的風景，我們驅車深入賭城叢林的中心，一瞬間被人造的熱帶天堂與熱鬧的霓虹黑夜給包圍，兩相對比，在衝突中感到失真。

一路上住的多半是便宜的Motel，不知道是否是潛意識作祟，又或只是一種地緣上的通俗，後來回顧過去幾周下榻的幾個地方，名字裡竟都有desert這個字。抵達Motel時通常都已經是晚上，夜色裡的霓虹招牌散發著奇異的異國風情，簡陋櫃檯日光燈下的人總是一臉疲態，好像已經連續失眠了好幾天。Motel的床總是隱約透著一股潮氣，粗糙的花紋地毯吸附了過往旅人留下的情感夢遺，踩起來厚重而沉悶。便宜的Motel不附早餐，但房裡有塑膠咖啡壺和咖啡包，早上起床後，J會煮一壺咖啡，分裝在兩個紙杯裡。他坐在床上喝咖啡看電視，漫無目的地轉台，我伏在窗邊的小桌上寫日記，空氣裡瀰漫著咖啡溫暖微苦的氣息。

Motel的住客形形色色，有好幾次，我們都在深夜睡夢中被噪音驚醒。一次是隔壁的女性住客急症發作，不斷發出痛苦的呻吟聲，她的男人焦急地打電話求助，不久後，一群救護人員趕到，外頭一陣明亮的騷亂；另一次，隔壁的住客彷彿喝醉了酒，半夜在房間哭哭叫叫，某人每隔一分鐘便打電話過來，她接起後，止不住地邊哭邊道歉，電話掛掛響響了一整夜。真想知道她到底發生了什麼事情。

然而一到早上，夜晚的種種瘋癲混亂卻消失無形，彷彿那動亂不過是一場焦躁的夢。

旅程途中，我們去了很多夢境般不真實的地方，同時也做了很多清晰如現實的夢。走在空白的荒野之間，我們和彼此描述昨夜的夢境，遠方的高山與沙漠，腳邊的仙人掌與白色石頭，不經意說起的一個句子，清晨無人公路上一個孤單的人影，全都化為某種象徵與暗示，和腦海裡的思緒之川合流，從裡外滲透進滲透出，邊界的概念逐漸變得模糊，而我們都是後知後覺。

夏末的風中，總是隱含著薰衣草的氣息。

回到台北家中的那一晚，在浴室沖澡，窗外正下著陰冷的小雨，遠方某處，一台卡車正在倒車，發出嗶嗶嗶的聲音。一切仍是我所熟悉，相對於美國西部空氣的乾冷與脆，台北盆地的空氣總是水淋淋而柔軟。三大箱的行李如同臟器外露般，開口大張地躺在客廳牆邊，十四個小時的航程太勞累，暫時無能為力處理過去三個月累積下來的種種。

旅程收穫最大的，往往是無形的事物。離開都市三個月，習慣了空曠的地景、大尺度的自然奇觀、平坦無邊的公路，一朵雲都沒有的清澈藍天，一時想起了《Westworld》裡意識逐漸甦醒的機器人Dolores說過的一段話：「你以為悲痛會使你的內心變得狹小，就好像它會就地崩塌瓦解，但是並非如此。我感到心中敞開了新的空間，就好像一棟建築物裡，有著許多我尚未探索的房間。」＊或許非關悲痛，但是旅行撐開了內在的世界，路上的陌生人使你看見內在的陌生人，你探索著世界的同時也探索著自己，新的房間不斷冒出，你覺得自己的胸腔，似乎大得能夠容納下最高的山，最深的海。這樣的身體記憶，會從此追隨著你。

如今印象深刻的，都是些走馬看花的當下，那些看似無關緊要的事。例如，新墨西哥州完美無暇的藍天，Diner早餐桌上不斷續加的濃黑咖啡，下雪的夜晚躲進掛了酒紅色暖簾的溫暖餐館，在賭場清晨空無一人的大廳裡，親暱地撫摸一隻柔軟的貓，看著門外太陽緩緩升起。

經歷了一場長長的旅行，心中充滿了感激。感謝一路上相隨的人們，感謝陪我度過好壞時刻的藝術，感謝那本承擔了大量情感廢料的筆記本，感謝腳上那雙堅固的鞋。事事物物，都讓我走得更遠，無論是過去三個月走過的幾千英里，還是內心那條延伸至遠處的路徑。

最後，想感謝這些重要的人：

J，最棒的伴侶。

信伶、子緯、又葳，我的家人與後盾。

B，新墨西哥州的日子因妳而豐富難忘。

旅途上，那些曾經給予友善之手的人們。

編輯于婷、設計師朱疋與出版工作夥伴，謝謝你們與我一起生出這本書。

也謝謝讀到這裡的你。

＊Dolores原文：You think the grief will make you smaller inside, like your heart will collapse in on itself, but it doesn't. I feel spaces

opening up inside of me, like a building with rooms I've never
explored.

HERV
WINE BAR
HERWOODS
GALLERY
TO PALACE AVENUE
DIESEL
THE ORIGINA
TRADING
POST
FREE
SANTA FE

P
Parking for
Backcountry
Camping
Permit Required
Available at
Visitor Center

LONGSTREET
INN · CASINO

DOWN
THE
RIVER
CHRISTINE FANCHER

SANTA
FESTIVAL

BALLARAT, CA

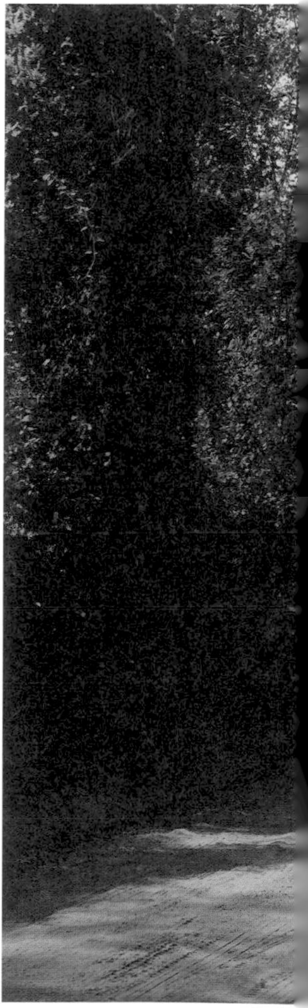

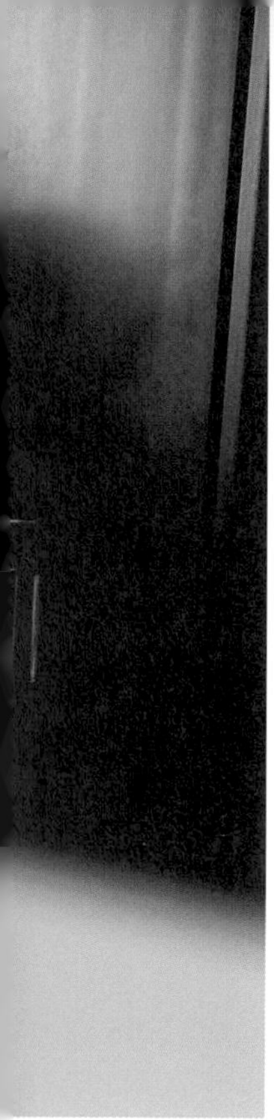

Hollywood Bl
HOT MOTHA CLUCKER
HMC
NASHVILLE BAR & GRILL

Siler

LEFT TURN
YIELD ON
FLASHING
ARROW
NEW MEXICO USA
BABY
ON
BOARD

綠洲沙龍 Oasis Saloon

文字·攝影— 趙又萱 Abby Chao

責任編輯—— 魏于婷
封面設計—— 朱疋
內頁設計—— 吳佳璘

董事長 —— 林明燕
副董事長—— 林良珀
藝術總監—— 黃寶萍

社長———— 許悔之
總編輯 —— 林煜幃
副總編輯—— 施彥如
美術主編—— 吳佳璘
主編———— 魏于婷
行政助理—— 陳芃妤

策略顧問—— 黃惠美 · 郭旭原
郭思敏 · 郭孟君
顧問———— 施昇輝 · 林志隆
張佳雯 · 謝恩仁
法律顧問—— 國際通商法律事務所
邵瓊慧律師

出版———— 有鹿文化事業有限公司 | 台北市大安區信義路三段106號10樓之4
T. 02-2700-8388 | F. 02-2700-8178 | www.uniqueroute.com
M. service@uniqueroute.com

製版印刷—— 沐春行銷創意有限公司

總經銷 —— 紅螞蟻圖書有限公司 | 台北市內湖區舊宗路二段121巷19號
T. 02-2795-3656 | F. 02-2795-4100 | www.e-redant.com

ISBN———— 978-626-7262-34-4
EISBN———— 978-626-7262-43-6
初版———— 2023年10月

定價———— 380元

綠洲沙龍 Oasis saloon / 趙又萱 (Abby Chao) 著 一初版 · 一 臺北市：有鹿文化 2023.10
面；(看世界的方法；241) ISBN 978-626-7262-34-4(平裝) 863.55........... 112012601